苏尘事

吴迈 著

中国·苏州
古吴轩出版社

图书在版编目（CIP）数据

苏尘事 / 吴迈著. -- 苏州：古吴轩出版社,
2020.1
（梦江南）
ISBN 978-7-5546-1458-7

Ⅰ. ①苏… Ⅱ. ①吴… Ⅲ. ①散文集－中国－当代
Ⅳ. ①I267

中国版本图书馆CIP数据核字(2019)第258852号

责任编辑：张　颖
见习编辑：沈　玥
装帧设计：韩桂丽
责任校对：韩桂丽　胡　玥
特约校对：葛建宏
插图绘制：徐昕玥

书　　名：苏尘事
著　　者：吴　迈
出版发行：古吴轩出版社
地址：苏州市十梓街458号　　邮编：215006
电话：0512-65233679　　传真：0512-65220750
出 版 人：尹剑峰
印　　刷：苏州市越洋印刷有限公司
开　　本：889×1194　1/32
印　　张：9
版　　次：2020年1月第1版　第1次印刷
书　　号：ISBN 978-7-5546-1458-7
定　　价：48.00元

目录

苏 市

苏 时

苏 式

苏 士

苏 世

苏 食

苏 拾

苏市

苏州的小巷深宅，永远都有许多无人能答的谜。

像是通达未来的时光隧道，也像是联结祖先的基因链条。

有人从这里走出去，海阔天空；有人从外面走进来，风平浪静。

今天的人们，依然试图寻找小巷深宅的谜底，前门进，后门出，从一条巷子，走到另一条巷子。

走过王洗马巷

从小到大，我一直做着一个相同场景的梦：推开半掩着的残破砖门，曲里拐弯的老宅在幽暗里无声地洞开着一扇扇房门，雕花的窗棂真实得仿佛可以触摸，空无一人的楼梯悬在半空中……我四处寻觅，跌跌撞撞地冲过一条像地道似的备弄，尽头总是一扇涂了红漆的木门，慌忙拧开门锁，但见门外阳光明媚，天高云淡，梦就醒了。

我没有请人解过梦，只是把梦告诉了我母亲。母亲说，这样的房子很像她和外公外婆以前在王洗马巷住过的那种，前门在王洗马巷，后门通到包衙前，或是前门在包衙前，后门通到三茅观巷……

苏州人家的大宅子，门庭并不张扬，而风起云涌的岁月，却深藏在这些看似平常的巷陌之中。

一

其实这条巷子我是走过的。十多年前，我住王天井巷那一带时，经常会路过那里。我仍清晰记得的大概只有春申君庙前的雌雄两株银杏古树了。两百余年，光阴似水，庙门关了又开，开了又关，不管香火氤氲，还是炊烟袅袅，他们就这样相守在这里，看着世事沧桑。

在一个春日的午后，风里裹挟着丝丝缕缕的香气，我终于走近了他们。青翠的幼叶嫩生生地长着，阳光透过疏朗的枝丫，完全照到了坐在庙门前晒太阳的老人的身上和脸上。庙门是关着的，被一根铁链子拴了起来，铁链子上了锁，上面满是斑驳的锈迹。

老人们说，庙门关了有两年了。

千呼万唤之后，住在庙里的志贤老法师终于打开了后门。他用一双有些浑浊但透着慈祥的眼睛打量着我，然后笑了，说："要看就看吧。"

踏进大殿的瞬间，暖暖的阳光就在身后消失了。尽管轻，脚步声还是在空旷的大殿里"笃笃"作响。祭台上积了厚厚的灰尘，神像的一侧，做法事用的纸马的骨架倒在那里，像是尚未完工。大殿的前方是双戗飞翘的戏楼。志贤老法师说，即使他在庙里住了十八年，也从没有见过戏楼唱戏的情景。也许，只有戏台顶部那些仍然鲜艳生动的彩绘，才知道如何描摹那时香客接踵、戏迷成群的盛况吧。可是，那些常来常往的香客和戏迷，也多是为了祈福禳灾、欣赏戏曲而来，没有人再去感怀那个辉煌一时却以悲剧收尾的男人——春申君，也无人再去提起他的无常人生与切肤之痛。

《史记》为后人留下了这个惊心动魄的故事。

战国四君子之一的春申君黄歇有个叫李园的门客，门客把自己妹妹献给他为妾。怀孕后的李氏对春申君说："你把我送给楚王，将来你的儿子就可以继承王位。"果然，他的儿子后来被立为太子，李氏也被立为王后。正心花怒放的黄歇万万没有想到，门客李园将他“满门抄斩”，以绝后患。

人们大约都只愿意记住那个曾在吴地建功立业的春申君吧。所以，这屡建屡毁的庙宇，在世事浮沉中，愈加宠辱不惊了。正想着，一阵风吹来，庙门被吹开一道半尺宽的缝，阳光直溜溜地刺入，地上早已干枯的银杏叶被风吹得卷了起来——只一瞬间。

二

听母亲说过，她和外婆以前住的房子就在春申君庙的旁边，宅中有一个很大的院子，种了各种各样的果树。结果子的季节，杏子、李子噼里啪啦地直往地上落，外婆去井台淘米时，顺便就可捡一篮子果子回来给孩子们享用。

如今，母亲记忆中“天上落果子”的院子是没有了，我只找到了那条叫作“凤凰弄”的支巷，这应该就是母亲记忆里的地方了。但眼前却是前几年成片改造过后的新宅，虽然也饰以粉墙黛瓦，但你一眼就知道，那些，再不是了。

问了几个从新宅里走出来的人，他们都摇头说什么都不知道。还是一位坐在庙门前晒太阳的白发阿婆起身走了过来，“看老房子啊，一个巷头，一个巷尾”。

我沿着阿婆手指的方向走进了王洗马巷7号。像梦里一样，我穿过几道小门，却发现空无一人，直到眼前豁然开朗，一个堆满了拆除下来的旧门窗和碎砖石的庭园赤裸裸地出现在我面前。与其说我是被垒成小丘的瓦砾和被锯断的泡桐吓着了，不如说我真真是被园中依稀可辨的景致惊呆了。

园的一侧，有纡曲的回廊，精巧细致的雕花尽管残缺，却端着岁月冲刷不去的闺秀架子。园中，比圆桌面还要大得多的花坛掩埋在乱砖之下，它的大，足以支撑起我对整个庭园绮丽的想象。

曾听人说过，苏州园林中有处景致是藏而不露的佳作，名叫"万氏庭园"。没想到，第一次亲密接触已是这个园子"凤凰涅槃"的阵痛时分。叠放在地上的那些长窗有些伤感地回望着寂寥的园墙，玻璃的反光也是静止的，连"咿呀"的呻吟都发不出了。

这时，隐约传来婉转的歌声，是唱戏的声音。我忽然恍惚，莫不是残垣断壁之间，也有佳人游园伤春？我循着声音，又穿过一道小门。许是听见我的脚步，楼上楼下的住家都探出了脑袋。我冒昧地侧身穿过一间摆了十几户人家煤炉的客堂，走上了陡峭的木楼梯。

"阿婆，你们在老房子住了多少年了，有几户人家啊？"

"二十六年了。这里的二十多家，大多都住了二十多年啦。"

听见说话的声音，一个中年男人从屋里走了出来，"我们前头的房子都拆了，说要修复，可我们的房子不拆。"他又顺手指了一下自家刚刚装修一新的房间，说道，"我就自己弄了弄，跟新的一样吧？"

看着他写在脸上的骄傲，我把看不见雕花房梁和椽子的遗憾藏在了心里。

我知道，那些陈椽碎瓦的美丽里，永远没有柴米油盐的定义，年复一年的寻常日子，哪里负担得起一份数百年积淀的文化遗存呢？

同样的厚重，一个是历史，一个是生活。

离开王洗马巷前，我还专门去走了一下26号的备弄。26号、28号和30号的备弄，据说本是连在一起的大宅子，是清代大官汪鸣銮的故居，而这位汪侍郎的女儿，嫁的就是清末名著《孽海花》的作者曾朴。也许，被罢官以后的汪侍郎，就在这座宅子里深居简出，而他的女婿曾朴，从宅子的前门进，后门出，终于投身了一场轰轰烈烈的资产阶级大革命。

苏州的小巷深宅，永远都有许多无人能答的谜。今天的人们，依然试图寻找小巷深宅的谜底，前门进，后门出，从一条巷子，走到另一条巷子。

这么走了一遍，我的那个梦，再不可能重复了吧。

补 记

十多年后，故地重访，巷口的紫藤花开得正酣。

整条巷子应该刚翻新不久，还原了粉墙黛瓦的底色。当年的万氏庭园早已改换门庭，一块刻着“任道镕旧居”的石碑、六扇朱红色的人门，将昔年权贵的养老居处再次与小巷的市井烟火隔离。修复后的老宅并没有对外开放，再往里走，巷子中段的春申君庙焕然一新，不仅修复了砖雕门楼，上书“玄妙精舍”四字，连古银杏荫下也筑起了鹅卵石铺地的休闲空间，石桌、石凳一样不少。巷尾26号汪宅挂上了故居和控保建筑的牌子，墙面和瓦顶翻了新，深深的备弄看起来亮堂了些。

四周安静得出奇，连坐着藤椅晒太阳的老者也遍寻不得了。一抬头，只见白墙上以红漆刷着“关好门窗，锁好车辆”八个字，心里怅怅然，一时无语。

状元世家

我有一位十分敬重的小学语文老师，在我的印象里，她当年就住在阊门内下塘街。因了对老师的怀念，那条沿河的悠长小巷，在我心中一直弥漫着令人心生敬意的书香。

那是一条东西走向的巷子，顺河而走，水曲路弯。苏州有很多类似这样叫“下塘”的小巷，是古城交通水陆并行的“特产”。苏州人喜欢在这样的小巷里安家，既有退避三尺、隔岸旁观的悠然，又享受着出脚（吴方言，指超过，也指出行，此处为出行的意思）的绝对便利。因此，整条下塘街每隔百来米就有一座小桥，七八座这样的桥连通着曾经繁华热闹的东中市、西中市。

下塘街上，“结庐在人境，而无车马喧”的日子自然深得书香人家的喜爱。在这里建造一间小屋子，不管是用作寒窗苦读、求取功名的书斋，还是当成宦海沉浮中涤荡风尘的港湾，都算得上一方净土吧。门前婆娑的树影已阅尽百年沧桑，而那枕河的窗下，简洁的私家河埠大多不过是一串没有栏杆的石条踏板，却依旧承载着来来往往于故乡和京城间、想要“书包翻身”的男儿们的梦想。

曾住在下塘街10号的陆家，就是如此这般地书写了一则状元世家的传奇。

这10号老宅，其实现在已经没有真正的大门了。备弄更像一条小弄堂，将旧宅分成东、西两块。从备弄向里一直走，两旁墙上各家开了各家的门，这些门都锁着，有的还装了防盗铁门，只不过共用一个门牌号码而已。

借着天窗透进来的微弱光亮，我深一脚浅一脚地走在坑坑洼洼的备弄里，更难分辨出宅子的旧貌来。有住家从里面走出来，也不看我，与我互相侧身一让，便径直过去了。

生活于康熙时代的陆肯堂也是这样，背着随身的包袱和雨具从这里走出去。在妻子殷殷期盼的目光里，他拜别了堂上二老，走向京城，在金銮殿的御试中，陆肯堂一举夺魁。怎奈江南才子虽然品学兼优，却体弱多病，他病逝时47岁。噩耗从京城传到苏州，陆家上下顿时悲声一片，哭声穿透了厚重的砖雕门楼，泪水跟着门前的河水淌到城外。怀鸥舫主人的诗存从此变作一摞遗稿。

2004年，阊门内下塘街10号早已没有了陆家的后代，如果不是门口被新挂上了一块写着“陆肯堂、陆润庠故居”的牌子，谁能想到当年这里曾是书香门庭、状元世家呢？

在断断续续的怀想中，我终于走到了备弄的尽头，听到有女人的说话声音从前方传出。大概，这里是老宅的最后一进房子了。果然，右上方墙上，一扇十分漂亮的花窗突然出现在我眼前，窗外庭院草木青翠、楼宇翩然。

我惊讶地以为自己是那发现桃花源的武陵人了。

“找谁啊？”一位银发齐耳的阿婆笑眯眯地先跟我打了招呼。

我忙告知自己是写文章的，来状元府看看。

阿婆一听特别高兴，拉着我就进了她的屋子。她说，五十八年前自己搬到这里时，这厅堂里长轴的字画还挂得满满的呢！“真的，可好了，你勿要看现在这板壁都黑不溜秋的，那是做了灶屋间让油烟给熏的。”

“还有，你看这窗上的雕花，这花罩，这隔扇，都是那时的啊，不比园林里的差吧？”

踏着裂纹密布的方砖，我踱着或许状元曾经在这里踱过的方步，跟着阿婆找寻旧迹。

陆家走过了一个状元时代，本以为祖先的辉煌只能是家谱上记载的旧梦了，不曾想，陆肯堂的第七世孙又为怀鸥舫添了份状元的荣耀。那时已经到了同治年间，国运日下。那时的陆家，经过几代相传，在医家一门上已颇有成就。

陆润庠拾回了一个陆家的旧梦，此后，他毕生都在殚精竭虑地为慈禧、光绪、溥仪拾掇已经残破的清王朝的辉煌旧梦。他位高权重、功绩累累，但终究不过是个末代皇帝的老师，最终换得的也不过就是个“末代帝师”的头衔。

《马关条约》后，张之洞授命因奉养母病而归故里的陆润庠在苏州经营商务局。这大概是陆润庠一生最意气风发的两年，他创办了苏州近代最早的民族工业企业，并担任苏纶纱厂和苏经丝厂这两家企业的经理，走实业救国之路。

和陆润庠同时受命的还有南通状元张謇，虽然两人属相相同，但张謇整整小他一轮。或许也有年龄的因素，在仕途和商海面前，两人做出的抉择竟截然相反。

57岁的陆润庠最终放弃自己苦心创办的实业，回归了清政府的朝堂，以至于无法直面辛亥革命对自己人生志向的彻底摧毁，在已经改朝换代的皇城脚下抑郁长逝。而张謇则彻底地看穿了官场的黑暗，弃官从商，在家乡办实业、办教育，成功实现了建设民族资本主义的理想。他们二人所为，正是清末中国文人因为人生价值观的不同做出的两种典型选择。

人生的路，有时只有很少的几次选择，但关键的选择却能决定一生。

宦海风云，关联着国事、家事。陆家的辉煌在陆润庠过世后便犹如剧终散场，大幕拉上了，人潮退去。最后，唯空旷的舞台上，仍有遗落在那里的几件零星的道具。

陆润庠的两个儿子不幸都染上了恶疾，陆家家道从此一落千丈。女儿虽早年风风光光地嫁于状元洪钧的儿子，怎奈这两个结了姻亲的状元之家，终究双双地“无可奈何花落去”了。

一切绚烂，终将归于平淡。

状元府第的显赫声名渐渐地在江南的烟雨中暗淡了，据传其门前曾有两根旗杆石，像卫士一样忠诚地守护着陆家老宅，但在抗日战争结束后便不知去向。老宅的房客越来越多，也不知更换了几茬，只有深长的备弄还是那般深长，走过一个世纪，又绵延一个世纪。

“儿女都搬走了。这儿好，我们老两口喜欢住这儿。你看，那就是陆状元的书房啊，是宅子里最好的房间了。”

顺着阿婆的指尖，隔着庭院郁郁葱葱的繁茂花木，我望见了对面二楼的状元的书房。

也许，这书房真的是值得景仰的，那书香四溢的门楣，那闪烁在繁星下的烛光，那回荡在晨光里的琅琅书声……

小楼昨夜又东风啊。

忽然想到，这里有四十多家房客，其中又有多少孩子是在这里长大的？他们有没有因为住着状元曾经住过的房子而心生骄傲呢？有一点我想可以肯定，在有婴儿出生的时候，即使屋漏雨丝如麻，父母们也必定会满心欢喜地期待一个“文曲星”的降生。

补　记

2011年，状元故居曾出现过危房迹象，在媒体报道之后做了修缮。如今，苏州老宅的“修旧如旧”正在逐步进行，但七十二家房客，仍是古城中较为普遍的情况。

藏龙卧虎天库前

走访古宅最深刻的感受就是心灵在瞬间获得的一种宁静：一扇咿呀关闭的木门，常常奇妙地让走进去的人与外面一切的纷扰喧嚣瞬间绝缘。在这奇妙的一刻，阳光透过窗，照在残破的方砖地上，仍留存着一种明媚的温暖，却又仿佛被过滤了一遍，不再灼热得叫人心烦意乱。

一

昨夜又下过一场雨，即便蕴含春意的风里仍透露着一丝丝微寒，但阳光还是呵热了小巷墙脚的那些苍苔。

我把车停在吴趋坊一户人家的门前，走了没几步，天库前就撞进了视野。我得承认，我从没有来过这里，尽管“天库前”三个字对我来说并不陌生。

其实走在这样一条古朴的苏州小巷里，我本就不可能感到陌生。巷窄、树大、墙高、门厚……即便是砌成门楼的一块旧砖，也浓缩了一段沧桑经历，繁盛过、凋零过、叹喟过……

近似老上海的那种石库门，或者有点像广州沙面的那类小洋楼，就在我迷惑时从我眼前闪过，我没有回头。街边的电线杆上晾着洗过的衣裤，咸菜缸里腌泡过的雪里蕻在树杈间架着的长竹竿上串成了齐齐的一排。老好婆（吴方言，泛指老年妇女）开着门在淘米，阴沟就在她脚边；对面墙边兀自竖立着一座石牌坊，虽不高大，但还是着实地惊了我……这时候，我看见了我要找的天库前48-2号。

九十年前，这里不是48-2号，而是一座很大的宅子，正门开在西中市。主人姓盛，但男主人大多数时候并不住在这里，只有一些家眷在大宅子里享受着天库前的安闲。

事实上，男主人就是晚清民国时期赫赫有名的官商——盛宣怀，苏州的老宅只是他所拥有的房产中的一小部分。他还修了一条路，叫石路，这可能跟现在的石路在地理位置上还有些出入，但不管怎样，石路商业的繁华跟这条路的修筑还是有关的。有了这条路以后，盛家的太太、小姐们从天库前出发，就可以直接到达盛家的私家花园——留园。

也许这种富庶不是一般的平民能够想象的，但盛宣怀做到了。要知道，就是他，曾经斗垮了“红顶商人”胡雪岩。

二

可是，那年暮春的天库前是哀伤的。盛宣怀死了，他死在上海。其实，上海才是他的活动中心。出殡的那天，送葬队伍从斜桥老公馆一直排到外滩，走在前头的队伍已经到达外滩后折回了，后面的队伍还尚未走出门。

据说当时南京路为之交通管制了一天，抬棺的和奏曲的都是从北京故宫请来的为慈禧太后出殡的原班人马，故而那天的上海滩真的是万人空巷，途为之塞。

然后，盛宣怀的灵柩被运到了苏州，盛家数不胜数的亲眷家属和其他关联人物在这里开始了旷日持久的吊丧活动。

好在盛夫人庄德华是状元之后，料想其聪明程度当不在桃花岛的黄蓉之下，不然如何能稳稳当当地在乱世之中执掌整个盛氏家业？只是十一年后，盛夫人终究也撒手人寰了，在整天抱着烟枪的儿子们个个惊慌失措之时，内眷们却纷纷搬箱子、抢东西，那情景跟如今那些常常出现在银幕上的场景毫无差别。

《辞海》上有盛宣怀的词条，说此人乃李鸿章的幕僚，曾督办轮船招商局，总办中国电报局，相继接办汉阳铁厂、大冶铁矿，兼办萍乡煤矿，创办中国通商银行，督办中国铁路总公司，创办天津中西学堂和上海南洋公学。可见他是官商肯定没错。既是官，他在游戏商海的同时，必定仍视官运亨通为自己的最高追求。如此，他一生操劳，完全地沉溺在了宦海与商海的恶浪翻腾之中，独独忘了回到天库前宁静的书房，重读一遍童年时读过的诗书。

倘使，在叱咤风云的时刻，盛宣怀能经常带着儿子们面壁静思，或许，就不会出现连捐进义庄的遗产也被不肖儿辈所虎视的情况了；或许，六百封与朋友来往的信札也不至于成为可以变卖的最终家财，为穷途末路的子孙糊口所用。古人常恨声骂道“家门不幸啊”，想必也就是如此的光景了。

荣华一世，富贵一场，到头来也一样灰飞烟灭。

三

如花，即使谢了，但你不能否认她曾美丽过。就在那个哀伤的暮春的日子里，有两个年轻人在苏州天库前的老房子见面了。盛宣怀的孙女盛佩玉与她的表弟邵洵美的初次相见还是因了祖父逝世的由头，早有婚约的两人，在暮春午后漫步留园，眉目间的默契传递出彼此朦胧的春情。

邵洵美是盛宣怀四女儿的大儿子，不仅是时人为之惊艳的高颜值帅哥，也是人缘极好的“孟尝君”。

这个有着满腹诗才又精通洋文的阔少其实算个文艺青年，他不乐于经商，更不屑于做官。“座上客常满，杯中酒不空。”

是时，邵洵美沉浸在结交文艺圈同好的快乐感觉里，不惜为此花大钱，甚至变卖房产。开书店、办杂志、出新书，都是邵洵美乐意全身心投入的营生。但出版业像个无底洞，即使大把大把地往里贴钱，资金仍常常周转不过来。

此起彼伏的刊物，正像邵洵美的人生一样，花开花落，而胡适、林语堂、罗隆基、沈从文、梁实秋、卞之琳等文坛上响亮的名字，又以其才情赋予了刊物永远鲜活的生命。

在邵洵美出版的诸多刊物中，我对《自由谭》的印象尤为深刻。我曾在资料书籍里看到过它的创刊号的封面，这是一套激进的抗日杂志。

后来，又听说了这杂志的背后还隐藏了一段最富上海气质的浪漫故事。这是一段倾城之恋，女主是位美国女作家，邵洵美与她一见钟情。他和这个中文名字叫作项美丽的美国女人同居后，共同创办了《自由谭》。而这段往事，在邵洵美的妻子（即表姐）盛佩玉晚年的文字追述中，却平淡至极。

也许，豪门出身的盛佩玉对婚姻家庭的“复式结构”早已烂熟于心，豪门的爱情，有多少是形影相随的一世恩爱呢？

站在那一方开阔的石板天井里仰头看，廊屋和堂楼依然高大。我终于知道，回眸一笑，是必须在这样春光明媚的小姐楼前才能生出百媚的。

记得我的一个正在修葺老宅的朋友告诉我：“墙不要刷白，你看，那老墙哪一幅不是历史的画笔绘就的水墨山水呢？”离开天库前的时候，我就特别想多看两眼，生怕下次再来的时候，历史已逃遁得无影无踪。

补 记

再来到这里，已经是十一年后了。

第一眼看到的就是天库前48-2号门边挂于墙上的写着“盛宣怀故居”的牌子。这块牌子立于2005年9月，苏州已将盛怀宣故居列为市文物保护单位。

巷口一位北方口音的女子对我说，里面住着人家呢，不能参观。我看了一眼门上的报箱和牛奶箱，想到刚才走进天库前所见到的种种杂乱的搭建改造，终于打消了叩门的想法。

其实见或不见，历史始终就在那里，不多不少。

春风沉醉旧半塘

母亲说要去看看修葺改造好后的新山塘，我就陪她老人家去了。

到达时已经接近晌午，山塘街上全新的店铺都张罗着招呼客人。我有那么一点心不在焉，许是眼前所见的一切都和我猜测的模样过于相近，少了惊喜，也少了联想，更少了本色的历史元素来告诉我岁月变迁中承载的那些喜怒哀乐。

我由此生疑，有多少吃文字饭的人写在纸上的那些关于山塘的情景——晨雾山塘、暮色山塘、脂粉山塘、酒色山塘、夜月山塘等——其实都是被梦想修饰过的山塘，在他们自己心里唯美地活着？

很多时候，人们脆弱的精神世界尤其需要这样的修饰……

一

走到半塘桥的时候，我的两脚已经有点不听使唤了，脚底的茧子磨得生疼。有点不大愿意相信这就是繁华富极一时的半塘，因为我几乎没有在河边找到什么柳树，这明显与书上的文字描写不符。

但心下还是有些不甘，不管怎样，我总是希望能看一看董小宛的竹篱茅舍，哪怕早已物是人非。

山塘街住着很多白发的老人，一住就是一辈子。桥堍这家就是这样，大门敞着，好婆在洗菜，阿爹（吴方言，泛指年长男人）悠闲地靠在桌边抽烟。

“老人家，我想打听一个人。明末清初的时候，有个叫董小宛的女子，据说就住在半塘桥边，您听说过吗？”

“董小宛？干什么的？这边好像没有姓董的。”好婆先答我。

“三百多年前，叫董小宛，后来嫁给了冒辟疆做妾，是秦淮八艳之一，您老听说过吗？”

阿爹终于听明白了，但他还是摇头：“搞不清楚住哪里了，你说的名字我知道的。这个董什么的，是妓女。”

听老伴这么一说，好婆恍然大悟：“哦，是妓女啊……”

这时候，慈眉善目的好婆脸上不经意间流露出一丝不屑，隐约传递给我这样的信息：既然是妓女，当然不会知道啦。

二

三百多年前，半塘春色旖旎。白日里，岸边杨柳依依，水中画舫如织，婉转的歌声总在水面上漂绕回旋；夜晚，在粼粼的山塘波光里，酒令和着橹声，与岸上迎风招展的酒旗攀比热闹。

春风荡漾，纸醉金迷的山塘！

青年才俊冒辟疆初遇美女董小宛就是在这样的夜晚，在令人沉醉的半塘春风里。董小宛喝醉了，面若桃花，眼眸晶莹闪亮的，看得冒辟疆的心为之一动。

但也就只是片刻的心动罢了。男人见到美丽而又富有才情的女子总会怦然心动的。

彼时，董小宛的心也被撼动了，但阅人无数的她还是选择把持自己。尽管青春美貌，尽管满腹诗书，但她仍清醒地知道，身份所决定的自身价值，最多只能取悦男人，要想真正获得心心相印的爱情，是非常难的一件事。

果然，冒辟疆后来在找了董小宛两次却都不遇的情况下，不久就和陈圆圆关系密切了起来。如果不是后来陈圆圆的遭际发生变故，或许就没有了冒辟疆和董小宛的这一段佳话。

三

与半塘桥垂直的叫作彩云桥，卧跨在山塘河上。

董小宛为什么会离开秦淮河住到苏州半塘？我无法找到答案。只是这“彩云桥”三字确实容易引人浮想。

也许仅仅因为冥冥中的缘分，冒辟疆践约找到陈圆圆在半塘的家中，却发现已是人去楼空。失落的才子正渴望着新的艳遇，这时候，鬼使神差地，他走进的却正好是董小宛的家门。

董小宛病了，病中的美人更教人百般怜惜。茜纱窗下，灯影绰绰，两颗敏感而孤独的心很快交融在一起。可是，就在第二天已经神清气爽的董小宛提出要跟冒辟疆回家时，冒公子却犹豫了。是啊，带个妓女回家还是需要足够的勇气的。不过，冒公子的勇气肯定胜于李甲，而董小宛的运气也比杜十娘好。

即便做个妾，也要做得轰轰烈烈，至少，得让大众承认自己是真正的良家妇女——这是董小宛的理想，为了这个理想，她不惜赴汤蹈火地去实现。

半塘可以算是董小宛的福地了，两次遇到冒辟疆都在这里，相隔两年，竟还能走到一起，不能不说，这就是姻缘前世定吧。

做妾九年，成就了董小宛贤淑的口碑，却夺走了她年仅二十八岁的年轻生命。九年的时间几乎耗尽了她一生的精力，她为心爱的人呕心沥血。

冒辟疆成就董小宛的，只不过就是红袖添香的一段风流佳话和《影梅庵忆语》笔墨间的一段深情，他也无法想象，自己的女人原可以有更大的作为。只不过，他的伤心也是真的，因为这个才貌出众的女子，无怨无悔地为自己操劳而死。

董小宛再没有回到过半塘。也许，在生命的最后一刻，她会想起半塘的莺歌燕舞，但即便想起，她或许也会带着罪过的心情。那是她不想回首的岁月，尽管青春永远留驻在那里了，在半塘的春色里，杨柳依依，弦索叮咚……

我没有走完整条山塘，到了半塘便折回了。回来的时候，脚步匆匆，一路奔走，穿越嘈杂的集市，不时与饶有兴致穿梭其间的老外撞个满怀。

是啊，充满人间烟火的山塘是唯美的，留在过客的心里。只是那些住在老屋里的白发老人们，是否依旧有着欣赏的兴味去把玩老旧的山塘？或许，新山塘和旧山塘，原本就各自负担起了历史的两面。

如此想着，回到改造好的新山塘时，我立刻感觉到了饥饿。找了一家临河的糖粥店坐下，店门口摆了一副骆驼担，隔壁却是一家时尚的咖啡吧，里面摆了很多闲书。我心里已经在计划着，寻一个闲暇的午后再来山塘，可以挑上一本书，在浓浓的咖啡的香气里，泡上整整一个下午。然后，在山塘河倒映的暮色里，寻找我心里唯美的温暖与感动。

补　记

以后的十年里，我来过山塘数次，现在梳理一下，几乎都是陪着远客来的。游人如织，摩肩接踵。山塘名气太响了，新山塘的商市也愈加兴盛。白发的老人已经不多了，吴侬软语也很少能听见。我已经忘记自己曾经想在某个午后选个山塘的一隅喝茶读书，甚至，行色匆匆走在山塘的我，连它原来的样子也记不得了。老山塘依旧一路市井烟火，有很多好吃的点心店。对了，也只有这些童年的味道，仍可以从舌尖一路触动到我的心尖。

三生三世见平江

我从十几年前开始写苏州，断断续续写了数十篇，都未敢触及平江路。斗转星移，平江路却不曾闲，她历经十年，华美转身，终于抖落袍上陈年的虱子，掸净心内落积的风尘，如同当年悬桥巷里走出来的那个曾嫁了状元的女人，将清寂已久的老宅深巷带入一片温柔富贵之乡。从此，八百年前摹刻上石的《平江图》不再只是为一座城市绘制的地图，而是解读流转于苏州城市血脉中的文化基因的神奇密码。

解读苏州不是一件容易的事，巷子太多，古井太深，名人数不尽，小桥走不完。即便如我，生长于斯，与这座城市“肌肤相亲”，也经常会迷失于它的变幻，有时因拐过一个弯，有时因推开一扇门。

平江路，是一条真实的时光隧道，无论春夏秋冬、风霜雨雪，只要循着平江河的微波而行，就一定能遇见你想象中的苏州，或风雅，或迷离，或妩媚，或疏淡。

君到姑苏见，人家尽枕河。古宫闲地少，水港小桥多。

今天的平江路与平江河，是苏州历史街区“水陆相邻、河街平行、前街后河”的经典遗存。然而，这一保存最为完好的区域仅仅只是近八百年前宋人绘制的《平江图》上的一小块。

南宋的平江府在知府大人李寿朋看来，好比一张水陆生辉的双棋盘，从吴都阖闾城开始，下的就是天人合一的大格局，于是，他找来工匠，摹刻平江于石上，将城市规划信息的源代码送达到今天。

初见平江，是平江

平江街区，离作为苏州古城商业中心的观前街仅相隔一条临顿路，据说，百年来观前街的兴盛繁荣离不开平江人家强大的消费力。也是，这里有“贵潘”和“富潘”，“苏州两家潘，占城一大半”。

“贵潘”家族在明末清初时从徽州大阜迁至苏州，此后三百多年中，潘家不仅出了状元郎潘世恩，得意于功名场的还有两名探花和十八名进士、三十六名举人，这样的数据非世人所能望其项背的。从潘世恩中状元到探花郎潘祖荫去世，苏州“贵潘”仅全盛时期就整整跨越了一百二十年。

“富潘”先祖潘留孙，原籍金陵，曾任职于苏州火药局，自此成了新苏州人，在苏州生根发芽，潘家繁衍为一个人丁兴旺的大家族。从迁苏后的第九代潘颖昌开始，“富潘”奠下了基业，历经几代之功后，终于积累万贯家财。

平江路卫道观前3号，是潘颖昌建造的礼耕堂，是“富潘”遍布大街小巷的十几处宅第中最大、最考究的一处。

十年前，颓败不堪的平江历史街区启动改造计划，与我一样从媒体“逃离”的一个朋友租下了礼耕堂，修复后尝试创意文化开发。朋友邀我去，那是我第一次走进礼耕堂，初见了“富潘”隐匿在雕梁画栋间的奢华。

穿行于一条长长的备弄，在影影绰绰的宫灯指引下，走到最后一间，上得楼去，听见自己在木楼梯上踩出的咯咯的脚步声，然后，抬头便看到墙上的一排花窗齐齐打开，墙外黛瓦成片，飞檐凛然，一株芭蕉绿得异常耀眼，恍惚间，我竟不知自己身在何处。后来，朋友将礼耕堂打造成了咖啡香浓郁、书香四溢的“初见书房”。

再见平江，不是平江

这样的印象源自最近两年平江路的变化。这里商业开发愈加深入，避无可避的商业气息与市井文化纠缠在一起。平江路作为文化街区，商业功能渐渐成熟，也渐渐获得了游客的青睐。得承认，平江路作为一个创意文化项目是成功的，它保留了旧日平江的建筑特色和人文元素，又融汇了不俗的时尚产业特征，那些充满艺术气息的店招以二十一世纪的流行风尚淡化了传统，人们似乎忘记了就在几年前，这里还有苏州妇女拎着马桶穿行的场景。

马桶是属于江南的。二十世纪八十年代有部叫作《清水湾淡水湾》的电影，因讲述一个苏州女孩捐献遗产的故事而拍摄了大量苏州老街巷的场景。这部电影让全中国观众记住的不仅是女演员张瑜，还有每家每户的女人在河滩头刷马桶——这种属于江南独特的生活方式。

如今的平江路，再见不到拎马桶的女人，也没有了撑油纸伞的姑娘。有人说，戴望舒的《雨巷》写的就是平江路的丁香巷，在那里，心中满是诗情的戴望舒遇见了一个像丁香一样结着愁怨的姑娘。

结着愁怨的姑娘会是谁呢？也许，她是顾家那个大了丈夫顾颉刚四岁的少奶奶吴徵兰，丈夫远在京城求学，奶奶和婆婆都不好伺候，孤独惆怅更与何人说？也许，她是洪钧的如夫人赵彩云（又名傅彩云），十五岁嫁了四十八岁的状元郎，就算举案齐眉，到底意难平……

顾颉刚并未坚守“男女之情舍吾妇外，不应有第二人耳”的盟誓，一生娶妻三人；赵彩云轰轰烈烈地做了一场公使夫人的美梦，梦醒后发现丈夫死后并没有给自己在状元府第留下一席之地，于是，她改名赛金花，重返烟花巷，追逐真正属于自己的海上繁华梦……

平江路的底色原来如此斑斓，如此躁动，所有的欲望在雨巷独行的伞下被掩藏。

胶片旧了，很多的噪点，满耳的杂音，我知道，其实欲望从未将息。

又见平江，还是平江

平江路的每一天都是新的，每次有远方的朋友来苏州，我都会陪同，而每次陪朋友看到的平江路，又都有着最新的模样。

从1995年开始，我在媒体工作时的同事、人文摄影师于祥专注于拍摄平江街区的日常，二十年后，在我记忆里不断被刷新的平江路在他的胶片里活出了一段真实的历史。

二十年不算长，但对于一个摄影师来说，是以分秒计算的，每个晨昏，每场雨雪，都活在镜头的当下，转瞬即逝。他记录了这二十年的平江路，也记录了苏州从量变到质变的过程。

忽然觉得自己对平江路的耐心或许还不及一个游客，在这个慵懒的盛夏午后，我又一次步履匆匆，急于寻一个有空调的饮品店歇息。

可是，游客是怀揣惊喜的，他们流连于斑驳的老墙，轻叩木门的铜环，抚一抚桥头的石狮，蹲下身子，摸一摸被太阳晒得滚烫的石板上光滑如玉的如意花纹。

她们对于丝绸的旗袍爱不释手，看了又看，试了又试，他们听昆曲和评弹也是认真的，听不懂方言并不重要，感受咿咿呀呀的吴地乐音，与尝一碗桂花糖粥一样甜甜糯糯。

“绿浪东西南北水，红栏三百九十桥。”

青石板路旁，一只小狗趴在家门前打着瞌睡，偶尔抬眼看一眼路人，宠辱不惊；平江河边，条石凳上，路人甲和路人乙睡得正酣，旁若无人；丁香巷里，打着太阳伞的姑娘从深处走来，莞尔一笑……

我仿佛又一次闯入了时光隧道，拐过一个弯，推开一扇门。蓦地，与那些陌生的人，那些熟悉的事，那些远去的背影，那些走来的众生，一一重逢。

道前街的流金岁月

苏州民间有一副对联很有意思：卫前街、道前街、观前街，卫道观前；漕督衙、河都衙、总督衙，漕河总督。上联都是苏州地名，下联都与官府衙门有关。

古时的道前街很短，后来与府前街、卫前街合并在一起，才成为今天的道前街。道前街虽不长，但有史以来一直是苏州的政治中心，并延续到二十世纪五十年代。

一

道前街如今最出名的是街南侧沿河的一排行道树，每年十一月入冬，西风渐起，从饮马桥始，至吉庆街近姑胥桥堍，一排高大挺拔的银杏如一顶顶金黄色的冠盖一路绵延，而风中落叶轻舞，地上碎金静铺，令人叹为观止。

行人无不驻足沉醉，端相机的、举手机的、摆姿势的，甚至还有将自行车撂在一边遗忘了的……马路对面，喧闹拥挤的市立医院、正襟危坐的会议中心依然故我，见怪不怪。

二十世纪八十年代道前街拓宽的时候，这些银杏树被栽种入地，二十多年后，人们惊讶地发现，越来越逼仄的城市无意间孕育出一道难得的美丽街景。在狭窄的马路边，竟可以偷得闲庭信步的欢愉，哪怕拥堵的车流近在咫尺，街边的美景仍可以让人一饱眼福。2011年，道前街与苏州另外三条景观街一起，拥有了只捡垃圾、不扫落叶的特殊待遇。俯拾碎金的浪漫被保住了，一个城市的审美趣味也向前跨了一大步。

在我小时候，道前街好像曾被改名为红旗路，姑胥桥也曾被叫作红旗桥。不过，我的父母似乎从来没有改过口，我印象里，它的名字一直叫作道前街。道前街周边遍布小巷，控保建筑不胜枚举，随便一条不起眼的小弄堂、破破烂烂的旧宅子里，都可能走出过声名远扬的大人物。

1949年，苏州市人民政府在道前街原苏州府署所在地成立，1997年，又在此处建起了苏州市会议中心，从此，苏州府署衙门彻底湮灭在了历史的风烟中。所幸，道前街170号的江苏按察使署保存了下来，虽然旧址大堂、大照壁等已不复存在，取而代之的是仿古的新楼和拓宽的马路，但大门及两旁的八字墙、大堂以北的二堂和内宅基本还在，如今是道前街沿街仍可寻访到的唯一的衙门了。

二

中国历史上有三位著名的“青天”大人，包拯包青天、海瑞海青天，以及况锺况青天。“青天”，在人治的古代，就是活菩萨。

况锺是江西人，书吏出身，并没有考过功名，经赏识他能力的官员推荐入仕，他可算是明代官场的一个奇迹：刚正不阿，却没有大起大落，廉洁自好，也照样大有作为，受百姓拥戴，得皇帝信任……这似乎与我们惯常听到的故事不太吻合，但他确实做到了。

况锺在苏州做了十二年知府，兴利除害，扶植良善，减轻赋税，发展教育，因此被苏州百姓奉若神明。按明制，知府三年一任，在同一地方顶多连任两届，而况锺做苏州知府已破例连任三届，九年满期时，朝廷已另派了一个叫杨衡的新知府去接班，等待况锺的是更高的职位。然而，苏州百姓却不让他走，两万人请愿，希望留住况青天。皇帝欣然批准了，他给况锺提升了级别和待遇，但是让他留在苏州继续做知府。老百姓欢呼雀跃，奔走相告。

六十岁，况锺在苏州知府任上病逝，全城一片哀号。两袖清风的他没有遗产，连送棺木回乡的路费都没有，苏州百姓自发集资将况锺的灵柩送回江西。如今在道前街北侧，靠近市立医院，有一条支巷，叫作“西美巷”，纪念况锺的况公祠就坐落于西美巷31号。

况公祠始建于清代道光六年（1826），原址为五显庙，况锺曾于丁忧期间在此处读书会客。古时候，如果家中父亲或母亲去世，官员就会请上三年的长假，回家守孝，这就叫丁忧。而况锺母亲去世，苏州人民却不让他回家丁忧，向朝廷请愿，希望况青天戴孝工作，朝廷居然也同意了。

三

今天的苏州，比况锺本人名气更大的要算昆曲《十五贯》。

《十五贯》原名《双熊记》，是清代一个叫朱素臣的苏州本地编剧的“IP”，在二十世纪五十年代被改编为昆曲《十五贯》。

我没有看过《双熊记》的老脚本，只能说说《十五贯》的剧情梗概。

无锡肉铺老板尤葫芦向亲戚借了十五贯铜钿（吴方言，指铜钱硬币，亦泛指金钱）作本钱，打算做生意，但他酒后跟继女苏戍娟开玩笑说是卖她的身价钱。女儿听了继父的话，信以为真，当夜出逃。深夜，赌徒地痞娄阿鼠闯进尤家，为还赌债盗走十五贯钱并杀死尤葫芦。邻居报案后，县衙来人探查凶案现场，发现少了十五贯铜钿，也找不到苏戍娟。

县衙追捕苏戍娟时，发现她与一个叫熊友兰的男人同行，此人身上恰巧也带了十五贯铜钿，于是两人被一起扭送至县衙。娄阿鼠落井下石，趁机诬告，知县官过于执听信娄阿鼠的片面之词，草草定案，以苏戍娟勾搭奸夫熊友兰、盗钱杀父的重罪，判了苏、熊二人死刑。

作为监斩官的况锺本与此案并不相干，但他凭借经验和责任心，觉得人犯可能有冤，于是冒着自己丢乌纱帽的风险力争缓斩。经况锺查案，发现了娄阿鼠的破绽，继而设计套出娄阿鼠杀人的口供，使真正的罪犯伏法，为无辜的蒙冤者昭雪。

1956年4月至5月，周恩来总理两次就《十五贯》这部昆曲发表讲话，《人民日报》也发表题为《从“一出戏救活了一个剧种”谈起》的社论称赞昆曲《十五贯》。因此，一向以阳春白雪姿态示人的昆曲名剧目中，多了一出不一样的《十五贯》。

当时走红的《十五贯》确实有着深刻的时代烙印。据史书记载，况锺在治苏期间，得到了巡抚周忱的鼎力支持，而在《十五贯》的故事中，却为了突出况锺的高大形象，将周忱塑造成了一个典型的迂腐官僚。我想，如果况锺有如此这般的上司，他在苏州知府的位置上恐怕也做不了这么多大事和好事吧。

史书称，况锺是“所谓承宣德化，为天子分忧者”，而在苏州百姓心里，他就是真真正正的父母官。其实，况锺在苏州任职的时代，是明代宣德和正统年间，经历了明初洪武、永乐两朝的严治后，政治和经济都趋向宽松。所以，不管是为天子分忧，还是解黎民疾苦，一个好官得以做下去，并得善终，相对清明的政治环境起到了很重要的作用。

今天，道前街上每日车来车往，车厢内的无数双眼睛只能够留下匆匆一瞥，或惊喜，或遗憾，或木然。毕竟，可以漫步于银杏树下的时间很短，金黄只在那几日。况且还得从忙碌的浮生中挤出半日，拾掇心情，忘记烦忧，放下手机，昂起脖子，然后，眼睛里才能有那一抹纯粹的蓝天，和漫天飘散的属于你的流金岁月。

古镇的样子

今年乌镇戏剧节的最后一天，我们去凑了个热闹。虽然戏剧节已经接近尾声，但乌镇依旧游人如织。或许因为很快就要迎来互联网大会，这里的一草一木都按捺不住情绪，时时带着人跳脱本该属于古镇的安闲。我们只住了一晚，就有些意兴阑珊，于是决定离开乌镇回苏。途经吴江，忽然看到高速路上“黎里”字样的路标，一个临时的决定诞生了。

一

黎里，一个很好听的名字，与吴江同里、湖州织里、常熟古里合称“江南四里”。在古代，五家为邻，五邻为里，可以想见，这个叫作“黎里”的地方原本应该不大，但在漫长的岁月中渐渐聚了人气，由村落发展为集镇。

按照百度百科的定义，所谓古镇，指的是有着百年以上历史的供集中居住的建筑群。但这个定义似乎有些苍白，这些年来，我们买了门票去参观过很多这样的建筑群。她们在导游的喇叭声中度过喧闹的白天，在林立的商铺打烊后的夜色里，色衰而爱弛。

初见黎里，我心中蓦地生出些许惊讶，在这个阳光热烈得有些妖娆的正午，一场不期的相逢，九百年的光阴，忽然就在这个曾经被唤作梨花村的古镇里，静静舒展于眼前。

几乎所有的古镇都有一条河，河上有桥，两岸有街。沿街排列的商铺贩卖着义乌小商品市场批发来的大同小异的旅游商品，还有千篇一律的网红餐饮店。然而，黎里不一样。

黎里的古市河大约有五里长，河上横跨着一座座古桥，听当地人讲，桥有十二座，其中八座是明清老桥。沿河岸边每走几步就能遇见一个河埠头，河埠和驳岸上，分布着两百多块缆船石。对于在苏州长大的我们来说，这些都不算什么，与平江路或山塘街大体相同，但两岸街市的宁谧与安逸，于我们却是久违的。

黎里的安静不是因为没有人居住，而是时间在这里，好像被调整了速率，让人脚步不由得慢了下来，动作也更轻柔，心里不禁有些疑惑，难道一个镇的人，都去午睡了吗?

看得出，古镇是经过整饬的，但因为旧建筑保存完好，修缮的痕迹并不重，基本没有大兴仿古建筑的那种匠气，也就不必怀揣那份尴尬佯装欣赏了。

我们漫无目的地沿河闲逛，在船码头小憩，在河埠头发呆，任水影花光将眼前填满，渐渐将自己放空。

是的，没有目的，就是我们此行的目的了。

二

唐时，这里还只是一个村子；及宋，移民南渡，遂成集市；发展到明朝中叶，黎里成为一个人气兴旺的江南大镇。

既是大镇，便少不了名门望族。在清代排定的“周陈李蒯汝陆徐蔡”黎里八大姓氏的宅院里，都建有很多深深浅浅的弄堂，其中大部分都是暗弄。各式暗弄花样百出，极富特色。有两条相连的双弄，也有明暗并排的双弄，还有子母弄和三岔式的弄中弄等。在黎里，如此有趣的弄堂共有百余条，其中幽幽深深超过百米长的弄堂就有五条，最狭的弄堂竟只有七十厘米宽。

弄堂于古镇是很有意思的存在，像是通达未来的时光隧道，也像联结祖先的基因链条。有人从这里走出去，海阔天空；有人从外面走进来，风平浪静。

每个古镇的史志都记载着先辈的荣光，那些让后人引以为傲的“文化DNA”也是古镇得以存留在当今时代的缘由。自南宋至今，黎里出过的名人真的不少，名气最响的当数柳亚子，但是，粉丝最多的却是殷明珠。

殷明珠的学名叫殷尚贤，明珠是父母对她的爱称。殷家虽然不是黎里镇的八大姓氏之一，但也有着显赫的家世。殷明珠的曾祖父是道光年间的翰林，祖父中举为官，父亲是当地小有名气的书画家，可惜在明珠十三岁那年就去世了。父亲生前喜欢买彩票，在他离开人世的那一天，他买的彩票中了头奖，明珠和她母亲得了一笔不小的财产，后来辗转迁居到了上海。

殷明珠六岁时，进了镇上的民立小学读书，那是在1910年左右，可见殷家父母的开明。当时学校的校长也是黎里镇上一位了不起的女性，她叫倪寿芝。

倪寿芝可能是最早走出黎里，赴上海求学的新女性。学成回到黎里后，她倾尽自己的积蓄办起了学校。她提倡男女同校，教育平等，虽然遭到一些保守派的反对，但“洋学堂”依然在黎里茁壮成长，“洋学堂”里的“洋丫头”们为九百岁的古镇带来了最新鲜的空气。殷明珠就是古镇的“洋丫头”，这所学校是她人生的起跑线。

跟随母亲迁居到上海的殷明珠就读于上海中西英文女校，十六岁那年，机缘巧合，她遇见了月份牌画家但杜宇。当时，但杜宇正在筹办“上海影戏公司”，并且正在物色电影《海誓》的女主角。这是中国第一部由女性担任主角的影片，殷明珠也因此成为中国第一位电影女明星。1922年，中国第一部爱情故事长片《海誓》诞生了，此后，殷明珠一直活跃于银幕，拍摄了《盘丝洞》《桃花梦》《富春江上》等近30部观众喜爱的电影。

八大姓中的蒯姓家族，建有三条弄堂——老蒯家弄、南蒯家弄和新蒯家弄。新蒯家弄第三厅正厅叫“树滋堂”，习称“蒯厅”，厅堂宽敞，音响效果特别好，是镇上著名的书场。听闻殷明珠担纲主演的《海誓》蜚声海内外，蒯厅主人亲赴上海找明珠，希望《海誓》能够到黎里蒯厅去放映。

《海誓》到蒯厅放映的消息一传开，四乡八村、周边市镇的观众纷至沓来。原定放映三场，结果后来干脆从早到晚不停地放，整整连放了一个星期，才勉强满足了父老乡亲。

从此以后，黎里镇大开放映电影之先风，只要有新片问世，就会千方百计弄来放映。明珠知道乡亲们爱看，后来，凡是她拍的影片，以及上海滩新上映的片子，她都设法让家乡父老一睹为快。

古镇黎里与十里洋场大上海的距离，其实也不过如同古市河上的一座石桥的距离。从黎里到上海，从桥这头，到桥那头。

一个地方的气象、格调不在于街道是否灯红酒绿，常常只取决于居民观念的开放与保守。黎里的文化是海纳与包容的，因此反倒显得与世无争。

淡泊，不过是因为过尽千帆，看惯了来来往往无数的背影。

古镇真的只是供集中居住的建筑群么？在供集中居住的建筑群中，人只是符号化的元素，可事实上，在这个建筑群里，人们用力生活着，生命彼此交织，共同进退，有男欢女爱，有家长里短，有炊烟袅袅，有书声琅琅……

人们相逢于建筑，建筑才有了生机。西方建筑学家说，“People meet in architecture”。

不仅如此，我想，有着很多很多有趣的灵魂，在有趣的建筑里相逢，才是古镇应有的样子吧。

有一个地方叫大公园

相对于苏州园林的隐逸和私密，位于古城中心的苏州公园更有亲和力。这座属于平民的公园承载了苏州近代历史百年的沧桑，以及真正属于平民的那些悲欢离合。

《苏州市志》记载，苏州公园是苏州第一座现代公园，俗称“大公园”。

一

小时候，我家住在观前街，大公园和玄妙观是童年最常玩耍的两个地方。十年前，我在公园路四号上班，午休的时候就在大公园里散步。后来离古城越来越远，但只要有机会走过周围那几条浓荫覆盖的道路，我依然会驻足流连。那里有童年的我爬过的假山、少年的我听过的戏曲、青年的我留影的树荫、中年的我回到这里吃过的茶。

大公园是吃茶的好地方，尤其双休日，须得在上午就早早来茶室占位，泡上碧螺春，或者龙井，再从自家带来瓜子、花生等零嘴小食，一坐至少半天，一聊聊到日头偏西。有些大家庭把这里当作聚会的大客堂，兄弟姐妹平时不住在一起，休息的日子就在大公园茶室吃茶、聊家常。小孩子在这里也不觉无聊，有儿童乐园可以去，工作日多是爷爷奶奶带他们过来，到了周末，便多了年轻父母的身影。

老人的身影在这里还是居多，他们带着干粮，一路坐公交、搭地铁，从苏城的各个方向聚到这个中心，因了很多种主题，比如老同事聚会、老知青聚会、老同学聚会……相邻的苏州老年大学就在民治路上的万寿宫内，下了课的老人三五成群，结伴再到大公园听戏。

大公园的戏不是专业演出，但戏粉众多。唱京剧的，唱越剧的，说书、唱评弹的，都是票友。虽说是业余的，但他们个个唱功了得，扮相身段也一丝不苟，绝不荒腔走板。最重要的一点，是他们每天定时定点地唱，没有舞台、没有布景，背包一放，京胡一拉，琵琶一弹，眉眼里全是戏。

我认识一位阿姨，退休后在家带小孙子。早上把小孙子送进幼儿园后，她就背上自己唱戏的家什出发了。她的家早已从古城搬到了园区，坐公交到大公园大约要花上一个小时。她穿上自己做的戏服，携着自己做的道具，自己化妆，九点开始，准时上场。阿姨的小伙伴甚多，一个钟点换一个人，你方唱罢我登场。午饭是自带的，下午还得继续，那敬业的精神，难道还不叫角儿吗？是的，就是角儿。唱给大家听，更是唱给自己听。

不喜欢听戏轧闹猛（吴方言，指凑热闹）吗？那就清静地钓钓鱼吧，或者坐在休闲长椅上晒晒太阳。如果是夏天，静坐荷花池旁，四面荷风起，也是一番难得的放松。

二

苏州人喜欢大公园，大抵是因为它常年免费开放吧。早些年，古城里有树木、池塘，又有鸟语花香，并可随意出入的地方还真是难得遇到。追溯至春秋，这片园林原为春秋吴国的子城，汉代用为太守署，直到唐宋，“春日民众可入游乐”。可见其平民公园的身份倒是有些渊源。

元朝末年，张士诚将这座园林作为王府，张士诚兵败，这座园子也遭受了一场巨大灾难。焚毁后的园林沦为荒地，被称为“皇废基”。这段历史读来很荒凉，因为张士诚与朱元璋的对抗，对明初苏州的影响极大，从这样地处城市核心，却是一处荒地可以看出，这里曾经成了怎样一个不可触碰的伤疤。大明朝一统江山以后，苏州知府魏欢要在此重修府治，被老朱斩了；高启写了篇《郡治上梁文》，也被老朱斩了。这个伤疤谁还敢揭？故而，即便经历了明清鼎盛繁华的时期，直到清末光绪年间，苏州地图上仍保留着这样一块疏旷之地。再后来重新造园时，据说地下曾挖出成堆尸骨，直教人不寒而栗。

民国的苏州西风东渐，大公园像一条可以穿越的时光隧道，让今天的我们可探得些百年前的消息。

“市民公园”这个概念现在来看是寻常的，但在二十世纪一二十年代却是绝对的新鲜事物。一批开明士绅发声倡议，在这块闲置的荒地上建造一座包含图书馆、文物陈列室、会堂等科学文化娱乐设施俱全的公园。我想，那时的“自媒体”（小报）无疑会在头条渲染：属于普罗大众的文明之花娇艳盛开。

大公园从1920年开始筹建，由一名江阴籍的旅沪巨商慷慨解囊，捐出了5万银圆，请上海公董局法国园艺家若索姆进行规划设计。这也许是苏州有史以来第一个由老外设计的社会公共物业，我们或许也能将之理解为苏州最早的一次与国际接轨。

1925年，园中首先建起了图书馆，并在这座西洋风格的城堡式建筑东侧建了东斋茶室，西南角建了西亭，东南辟池名月亮，池边修廊，紫藤纷披，植树数千株，公园初具规模。

1927年，由画家颜文樑设计喷水池，在图书馆北开挖了荷池，植荷养鱼，还栽植了李根源所赠的枫树200株，在土山顶上建起一座四面亭，取名民德，在西亭北侧建成公园电影院，以放映国产无声电影为主，经常客满。我们完全可以想见当时大公园领时尚之先的地位，它应该代表了民国时期的"苏州style"吧。

二十世纪三十年代初，大公园基本建成。但好景不长，1937年，苏州沦陷，覆巢之下无完卵，大公园的图书馆及电影院都在日军炮火下毁于一旦。民德亭内陈设的红木桌椅、悬挂的吴湖帆等名人的书画也都被日军洗劫一空。

此后，命运多舛的大公园在1949年后又几经荒废、重葺和大修，直到如今，才终于再现出平民公园的祥和与怡乐。

尽管沧桑百年，庆幸的是，它保持了建园初期形成的法式花园与中国自然山水交融的布局，延续了本不应隔断的历史，让后人可以触碰到历史真实的心跳和脉搏。

当那个可以用步数丈量的苏州已然一去不复返时，大公园之大，也不再是面积和规模上的含义了。每个城市都有属于自己的市民公园，像北京的什刹海、上海的城隍庙，它们是城市的一块胎记，带着与生俱来的亲切感，即使你走遍天涯海角，有再多的去处，总有一些时候，你会特别想要回来，仅仅在大公园里随便走走，多少逝去的韶华便又纷至沓来。

苏时

我们怀念一些事，想念一些人，常常只是在不经意间。

如同我们念念不忘白兰花的香。

可能恰好出现在巷陌的余晖里——挎着竹篮的卖花人，掀开湿毛巾，用糯糯的苏州话问一句：

“啊要白兰花？”

望去茫茫香雪海

三百多年前，在细雨霏霏的初春日，一个名叫宋荦的清廷官员兴致勃勃地来到苏州城西登山赏梅。置身吾家山上，居高远眺，但见邓尉诸峰连绵，重峦叠嶂，如海浪般的梅林绵延数十里，花海宛若雪原，满目晶莹，暗香浮动，直教人痴醉。宋荦脑海中灵光一闪，唤人取来笔墨，当即题下“香雪海”三字，并将此三字镌于吾家山崖壁上。从此，这片梅海就有了一个绮丽生动的名字，邓尉的梅花也因这三个字走出了苏州。

一

一年一度的邓尉探梅，是吴中岁时风俗，每至花期，探访寻春者络绎不绝。明人姚希孟曾在《梅花杂咏》序中写道：“梅花之盛不得不推吴中，而必以光福诸山为最，若言其衍亘五六十里，窈无穷际”。可见那时已是“邓尉梅花甲天下”了。

“香雪海”三字，是锦上添花。

题字时，宋荦已年逾花甲，可能不是第一次去邓尉探梅。在中国古代，只要不是捐来的官位，凡凭真功夫考功名入仕的官员都擅长诗文。时任江苏巡抚的宋荦是河南商丘人，诗画俱佳，才气斐然，颇得康熙皇帝的赏识。康熙六次南巡到苏州，其中竟有三次都是宋荦接的驾。后来康熙之孙乾隆帝六下江南，每次都要造访邓尉，探梅寻香，祖孙俩在光福总共写了19首诗，其中13首都是梅花诗，今已刻字成碑，陈列在香雪园中。诗碑旁建有梅花亭，乃香山匠人手作。后来《中国梅花名胜考》一书将苏州香雪海推为古代梅花名胜第一位，这两位皇帝的功劳不可小觑。

众所周知，乾隆爷最大的爱好就是写诗题字，想来如果没有宋荦的捷足先登，乾隆可能会御赐邓尉梅花另外一个芳名，当然，对于“香雪海”这样的好名字，想来他也是心服口服的。

然而看到“香雪海”三个字，在我少年时期的认知里首先想到的是一个电冰箱品牌，它是二十世纪八九十年代苏州人家的骄傲，也是民族品牌概念在苏州人心目中最初的萌芽。苏州本土制造业曾经有过的一段辉煌，是以孔雀电视、香雪海冰箱、长城电扇和春兰空调这“四小花旦”作为支撑的。提到香雪海，人们想到的竟然不是城西邓尉连绵的梅海，而是一种能够制冷保鲜的家用电器，这也算是一大时代特征了吧。

我第一次去光福好像是初中时，学校组织春游，参观了司徒庙，回来要写有关“清奇古怪”四棵树的命题作文，便细细观察了它们。至于周遭的梅花是否绽放，竟完全没有印象。

后来因为各种缘由走到了光福，却未必是为了看梅花。直到有一年春天，我想带女儿找个地方去写生，才又想起了香雪海，方算得真正踏上了一次名副其实的邓尉探梅之旅。

光福种梅的历史可追溯到秦末汉初，经两千多年历久弥新。

香雪海梅花品种繁多，以千叶重瓣白梅为主，红梅、绿梅、紫梅、墨梅等应有尽有。在香雪海，就算人再多，登高而望，映入眼中的也不会是人头攒动的景象，仍是一派美景。

你可以远观，体会宋荦“探梅冒雨兴还生”的诗情，也可以近玩，感知王冕《墨梅图》“朵朵花开淡墨痕”的画境。

四望梅花林，不辨香所起。

夹道无断续，依山有层累。

——［明］归庄《入邓尉山》

置身梅海，难免更容易使人想到明人归庄的这首五言绝句，不是“驿外断桥边，寂寞开无主”的孤芳，也非“疏影横斜水清浅，暗香浮动月黄昏”的清丽，在浩瀚的梅林花海里，只有铺天盖地席卷而来的梅的芬芳，只有满眼满心迷醉的欢喜。

二

苏州人爱梅，与爱桂花不同。

桂花家常，开在街角路旁、自家小院，盛开了便采下来做糖桂花吃，亲昵如邻家妹妹；梅花开时更像贵客临门，相见有惊喜，有拘谨的小心，也有仰视的敬畏，折枝也是相当慎重的，或以赠远，或以清供，必定选了与之最相衬的人和物，唯恐不小心亵渎了去。

除了香雪海那样蔚然的梅林，苏州人以为种梅最恰当的地方当属园林。

苏州园林是古代归隐的文人士大夫为自己精心建筑的心灵巢窠。托物言志，梅花无疑是他们表白自己坚守高洁品格的最完美的象征物。

墙角数枝梅，凌寒独自开。
遥知不是雪，为有暗香来。

王安石此诗最有名气，又朗朗上口，比人称“梅妻鹤子”的林逋来得更接地气，因此堪居咏梅诗榜首。

苏州园林里的梅花常常被植于墙角边、空窗后，与朱亭、飞檐相映成趣，又不失赏梅闻香的各种便利，不得不说，古人实在会玩。

拙政园、狮子林就不提了，怡园锄月轩也是极好的赏梅所在。轩名取自“自锄明月种梅花”诗意，因旧时轩南植梅花数百株，又名“梅花厅”。农历新年前后，梅花吐蕊，报春消息，正是“腊后花期知渐近，寒梅已作东风信”啊。

园林赏梅，不得不提一下盆景梅花。盆景梅花中，最吸睛的当属劈梅，不可谓不惊艳！

劈梅是狮子林每年开春盆景梅展的一绝，常常比“暗香疏影楼”“问梅阁”等处的景致更吸引游人前往。

劈梅栽培难度极高，先要将果梅截去树冠，对劈为二，上接骨里红、玉蝶等观赏品种，成对上盆，经过几十年的精心培育，仅树皮存活的段段枯干上，才会开出星星点点的梅花，形成枯木逢春的意境。

我想，劈梅若有灵性，她当比谢枋得更为感慨：

十年无梦得还家，独立青峰野水涯。

天地寂寥山雨歇，几生修得到梅花？

是的，做一朵梅花也不易。

古往今来，多少咏梅的诗词歌赋耗尽笔墨赞颂梅花的凛然气节，多少文人又以梅花自喻，表达自己追求真理、忠贞不贰的情操。唯有一首词，从梅花的角度，为之呐喊出遭受风雪摧残的悲声。

这首词名唤《长相思令·烟霏霏》，作者吴淑姬是宋朝湖州的一个秀才之女，因家贫势弱，被一富家子霸占，后又被诬陷与人通奸而被捕。

审案的郡僚看了她的卷宗觉得她有冤情，又听说她擅长诗词，心生恻隐，便给她一个机会，只要即兴作得一首证明自己清白的好词，便可以帮她洗脱罪名。

吴淑姬确有七步之才，她转头看向窗外，时值冬末春初，积雪未消，寒梅于雪中艰难绽放，联想到自身处境，脱口而出：

烟霏霏，雪霏霏，

雪向梅花枝上堆，

春从何处回！

醉眼开，睡眼开，

疏影横斜安在哉？

从教塞管催。

因这首别具一格的梅花词，吴淑姬为自己赢得了自由，也因此，中国的咏梅诗词终于在一片孤高的自赏中，声嘶力竭地吼出了抗争之声。

这是女性独有的悲悯视角，也是女性独有的切身感受，教世人知道做梅花的不易，体察那“零落成泥碾作尘”的悲壮。

1934年，中国电影还在摇篮时代，由费穆导演，阮玲玉与高占非主演的剧情片《香雪海》上映了，它很像一个近代版的吴淑姬的故事，女主角与命运抗争，依靠自己的坚持，最终迎来了幸福生活。影片结尾处，冬去春来，寒梅花萼绽开，一家人终于团聚在香雪海间。

闻香识碧螺

不知是否因了闰二月的缘故，这一年碧螺春茶采摘的日子，气温比往年低了好几度。茶农和茶商们虽然心里着急，但热气腾腾的炒茶锅还是应时架到了茶叶店堂的门口。仿佛整个城市都展开了一场炒茶的擂台赛，而苏州人的嗅觉里，氤氲了一种浓郁的撩拨欲望的香气——家中贮藏经年而渐空的茶叶罐早已迫不及待地渴盼着明前新茶的上市了。

一

因为心里总痒痒着想看茶农在自家的灶台上炒碧螺春，我便拉了摄影师一起驱车赶往太湖西山的东蔡村。看见“堂里”字样的交通指示牌，急忙右转，又行两公里左右，我们找到了“吴王碧螺春”的生产基地。这次寻访是偶然的，没想到，原来这里就是我心仪已久的消夏湾啊！

消夏湾，在西山明月湾的西面，梭山与龙头山之间。据传吴王夫差在这里建过一座消夏宫。诗人范成大描述道：“平湖循山，一湾云水胜绝。”文字记载的消夏湾阔三里，长九里，坐拥太湖浩渺烟波，范成大诗云“青山环水水浮空”，泼墨写意了这一方滋润的水土。

也许，很多像范成大那样的名流才子，曾在湖岸寻觅过春秋吴国的遗韵吧？消夏宫里的夫差定是一位伟岸与浪漫的爱人，让战争毁灭消夏宫里的种种美好，西施是否会感到后悔？可是，眼前的消夏湾只是农家的田园，花开花落的枝杈间，湖上湿润的风吹过来，见证了历史，也写实了生活。

茶农老蔡说，1956年围湖造田时，消夏湾的水面被大片大片地填了。于是，那些关于消夏宫的传说也被深深地掩埋了。只有那钟灵毓秀的气质遗传给了这里土生土长的碧螺春茶。

老蔡说，东蔡村大多数人家姓蔡，家家户户都有茶园。采茶、拣茶是女人们的活计；炒茶，则有专门练过手艺的师傅。老蔡家炒茶是三代祖传，他爷爷炒，他父亲炒，他自己十八岁起也围着铁锅开始了炒茶生涯。二十四岁那年，老蔡学着做起了茶叶经销生意，一来二去，就从茶农变成了茶商。茶叶多了，炒茶的锅多了，雇来的采茶、拣茶、炒茶的帮手们逐渐聚成了一支产供销一体化的专业队伍。

从三月中旬开始，碧螺春就在苏州城里的特许经销店开始现炒现卖，采摘的茶叶一半送到城里去，另一半就在基地炒制。夜晚，灶台上四口铁锅一起开炒，女人们坐在灶台后面忙不迭地往灶膛里添柴火。想象不出这炒茶溢出的香气会不会把人熏醉，只见着那灶头上一双双上下翻飞的炒茶的手，那些舞动的嫩芽由翠绿色渐渐变为深绿色，在橙黄的灯光里有着云蒸霞蔚的感觉，似乎可与太湖上的风景相媲美了。

二

我是不懂茶的。曾被喜好碧螺春的朋友哂作“牛饮”之辈。为了“陶冶”我喝茶的“情操”，朋友几乎每年必送我一罐新上市的碧螺春。连我自己都觉得是浪费，但嘴巴却不知不觉地“刁”起来，后来想想，对碧螺春，我不是一见钟情，而真的是日久生情呢。

我所知晓的关于喝碧螺春的种种小常识也出自朋友的教导。他说，一定得要用洁净透明的玻璃杯，先冲开水后放茶叶，滚开的水须凉至八十摄氏度左右。碧螺春投入杯中时，只见“白云翻滚，雪花飞舞”，“春染杯底，绿满晶宫”。我听了啧啧赞叹，心下里却暗笑。为了装懂，我还是刻苦地改了“牛饮”的脾性，不想，原本小资的“作秀”竟真的就此入了戏。

其实很多老苏州都深谙品饮碧螺春的方法。只是它一向的娇贵，让富庶人家占了先。回想起来，小时候家里每年也是要买上一点碧螺春的。关于茶的品质，父母自己平时喝的大抵是很廉价的茶叶末儿，逢有贵客来访，父亲才从柜子深处掏出那个很小的茶叶罐，于是我对那毛茸茸的玩意儿也就天生地有了“可远观而不可亵玩”的敬意。

长大以后翻阅一些关于茶的书，我发现不同地方产的茶各自有一套独特的茶道，同是名茶，碧螺春却没有。这样也好，少了许多繁文缛节，便多了几分自然清新的风雅。据说唐宋时饮茶是将鲜叶蒸熟捣碎做成饼并烘干，待到喝茶时才把茶饼碾碎煎煮的，到了明代，“蒸青”就改作“炒青”，煮饮也变为泡饮了。这样看来，碧螺春的历史应该已有一千多年了。

知道碧螺春俗名“吓煞人香”的茶客并不少，但细究“碧螺春”来历的人却不算多。一般的说法，碧螺春是因形状卷曲如螺，色泽碧绿，采于早春而得名。当然了，不管是人还是物什，只要有了点名气，都免不了会有一些民间传说。

有说碧螺春是康熙爷南巡时给“吓煞人香”取的学名。还有人说，明朝做过京官的东山陆巷人王鏊曾为碧螺春题名，这个说法好像也有出典。

当然，光有这两种传说好像还少了点什么，果然，我后来又发现了一个关于碧螺春的爱情故事，说的是一个叫碧螺的姑娘，用自己的生命培育了一株茶树，茶汤救活了自己的心上人，姑娘却因此香消玉殒。明知这个故事缺乏真实性，但许是其中有唯美的真情吧，我更喜欢这虚构的传说。

在雨天的午后，临湖的窗前，沏一杯荡漾着爱情色彩的碧螺春，其背景音乐，必定应是《春江花月》，而不会是《大江东去》吧。

三

炒制一斤碧螺春需采六七万颗芽头，一锅出来，成品大致也不会超过半斤。在老蔡家的灶台前，我们又一次目睹了炒茶的全过程：杀青、揉捻、搓团、烘干。跟店堂门口恒温的电热铁锅不同的是，灶膛里的火力不断地被调整着，杀青时的旺火，揉捻时的文火，起锅前火还要最后再旺一下。然后，茸毫毕现，茶香袭人。

最好看的一道工序是杀青。因为要把水分烘烤出来，又不能让茶叶泛黄，翠生生的嫩芽儿就被一次次地高高抛起，再陡然跌落。手不离茶，茶不离锅，手到处，一翻一抖，团团热气仿佛被甩向空中，看着看着，我便觉有些神思恍惚，好像自己也成了锅里的茶叶，快要被烤出“香汗”来了。

我心里藏了一个问题，一直不好意思问，这时再也忍不住了：“据说上品的碧螺春须得未出嫁的姑娘用嘴采了，藏在内衣里用体温来暖着，这才味道特别好？”老蔡听了哈哈一笑。他说：“那是文人杜撰的吧！”洞庭碧螺春之所以比外地碧螺春更胜一筹，是源于东西山的果树，桃、李、杏、梅、柿、橘、白果、石榴……这些果树与茶树枝丫相连、根脉相通，茶吸果香，花窨茶味，碧螺春才有了花果香味的淑女品质啊。

这时，老蔡的女人泡了新炒的碧螺春出来，予我们尝鲜。透过玻璃杯壁，青绿的嫩芽儿刚刚落到杯底，茸毫翻滚到水中，翠色似烟雾般腾起，蜷曲的芽儿在水中好似新生的婴孩，只顾踢动着自己的手脚，伸展着，张扬着，全无章法地游来划去。

嫡庶纷争、真伪角力，所有一切与碧螺春本身毫不相干，碧螺春还是碧螺春，不会因为被高价拍卖而轻狂，也不会因为获得的一块铜牌的庇佑而浮躁。

也许，喜欢碧螺春，就是喜欢这样的感觉吧。这个两千五百年的城市，就像青嫩的碧螺春，在历史文化风云的翻滚中历练成熟，内敛而含蓄，将一身的绝代风华，掩映在一片淡定与从容之中。

补　记

整理旧稿恰好也在这阳春三月，我陪着从北京来的朋友夫妇驱车去西山岛采买新茶。只是十二年后的今天，西山镇早已改名叫金庭镇了，镇上的房子越来越多，越来越好看，通向西山岛的太湖大桥也已加宽。虽然有了很多外地口音的茶商在这里奔忙，也有了年轻一代电商、微商做的互联网营销，但种茶、炒茶的家家户户，与那用大铁锅古法炒制出来的“吓煞人香”，始终以不变应万变。

莲叶何田田

初夏的一个星期天，我驾车沿着太湖大道往东山去吃船菜，看中一艘画舫，正准备推门进入的时候，视线却被另一番景致吸引了去——

绕船的塘中，满眼摇曳着碧绿生青的荷叶，她们相互挤挨着，缠绵着，娉娉婷婷，铺展到远处；零星几个简陋的原木亭子搭在荷塘上头，正摆着筵席……

那一餐，除了白鱼、白虾、银鱼莼菜羹外，更多了在“香远溢清”中沉醉的浮想与等待……

一

荷花完全绽放该是在农历六月的盛夏，彼时阳光是最热辣的，蝉声与蛙鸣交织，水边更是聒噪得厉害。当我挥汗如雨地走过荷塘时，往往很少驻足，“可远观而不可亵玩”，倒真真是我对荷的印象与态度。

幼时，我心里的荷塘便有了十分诗意：风过处，塘中之荷纤腰袅娜、裙袂翩然，宛若少女曼妙的舞姿；雨落至又大又圆的叶片上，唱出从容笃实而富节奏的应和；而邻家的男孩，鱼儿一般赤膊嬉戏于荷叶之间，爬上岸来，还总不忘顺手摘下一片荷叶，神气活现地倒盖在头顶，充作遮阳的凉帽……

那些场景似乎都有些朦胧了，特别是玉琢一样的花朵儿，红的、粉的、白的、黄的、紫的，花瓣精致光洁，恍惚间虚实难辨，所以总记不真切。直到结了胖嘟嘟的可爱的莲蓬，才扎扎实实填充了幼时关于荷的饱满的回忆。

其实荷花没有黄、紫等多种颜色，睡莲才有，而睡莲是不结莲蓬的。

母亲买藕回家，有时会捎带一两只碗状的莲蓬，并特地告诉我“可以玩的”，下文应该是“别急着把它们吃掉”，但她多半不说。等到她做好了一盘子藕圆（类似肉圆），一回头，才发现簸箕里已经躺着被我挖光莲心后残破的莲蓬了。

莲心和莲藕的模样与曼妙的荷花大不相同，把它们直接归类于食物可能更合我的心意，至于荷叶，包肉也好，包米饭也罢，因为只取其清香而不直接食用，便在心里对它保持了一定的距离。

二

其实我并不知道苏州旧俗中还有个六月廿四观莲节的说法，据说这天是荷花的生日，旧时人们在这一天举家出户，画船箫鼓纷纷赶去葑门的荷花荡赏荷。但这样的热闹终究不适合用来为谦如君子的荷花捧场。“看花不易窥全面，三千莲媛总低头”啊！

所以，在拙政园赏荷，似乎才增添了几分文人的雅趣。

拙政园育荷的花工汪善生有一帮文人朋友，他们大多都是因为常去园子看花才与汪师傅相识的。本来就是奔着写字、画画的灵感而去的，但后来自己也侍弄起了花花草草来，就难免想要和汪师傅讨教一些栽培方面的常识。如此一来二去，交流养花心得竟也非汪师傅这个老朋友莫属了。

拙政园有个著名的远香堂，跟着汪师傅一路走到堂前的时候，他突然站定了问我："你闻到荷花的清香了吗？"

"没有啊。"

"很淡的，像从远处飘来的。"他说。

塘中红裳翠盖，我闭上眼睛，静心呼吸……

那香气真的若有若无、丝丝缕缕地袭来了，但仿佛不在咫尺，淡远而飘忽，一如水中"亭亭净植"的优雅；那香气，是有界限感的，不是迫人的教人喘不过气来的那种亲近。

荷风四面，不是我们蜗居高楼的俗人常能享受的，如今的住房，别说院子池塘了，就是天井也少有啊。正想着，汪师傅倒好像看穿了我的心思："你要是喜欢，可以在家里养碗莲啊，小巧玲珑，又不占地方，我送你几颗种子吧。"

我怦然心动。

三

上礼拜我去大成坊花鸟市场转悠，不知不觉在一处卖碗莲、缸莲的摊位前停了下来。招呼我的是一个安徽口音的小伙子，攀谈起来知道他叫张少公。他说家里有七十亩荷塘，一年能有两万株的销售量，而且近一半的碗莲都是零售出去的。

“苏州人真喜欢莲花啊，很多人买，买得最多的是中年人。买了我的幼苗回去养，还经常跑来问我这问我那的，花的心思大着呢。”

“生意一直很好吗？”

“这两年特别好。”

这时我忽然发现，张少公欣喜的表情里，并不只有商贩赚钱的快乐，他似乎还传达着对买花人的景仰。也许，苏州绵柔而精致的文化，只透过这一扇小小的花窗，就已经深深打动了眼前这个花中淘金的外乡人。

二十世纪四十年代，苏州有过一个碗莲的种养专家，名叫卢彬士。汪师傅说，前些年，卢老先生的女儿时常去拙政园看荷花，后来渐渐去得少了，再后来，再没有见到过她……想来，她也应该是个如芸娘一般情趣盎然的女子吧，在“枕荷”的梦里走过了“爱莲”的一生。而我，不仅没有读过卢老先生关于种荷的只字片语，甚至看了数遍《浮生六记》却仍不得沈三白育碗莲之要领，只是对他描述的酒杯大小的花朵和碗口大的叶片无限神往。

照着汪师傅教的方法，我找来家中的一只旧瓷碗，把他送给我的数颗乌黑的种子浸泡在了水中。阳光耀眼地在水影里摇晃着，摇晃着我躁动的等待……

春天折梅赠远，秋天采莲怀人。我想我等待的，是不断有欣喜、不断有发现的那种新生活吧。

补 记

莲藕是苏州水八仙之一。顺便说一下水八仙——茭白、莲藕、水芹、芡实（鸡头米）、慈姑、荸荠、莼菜、菱八种水生植物，大多在秋天上市，是苏州人家必不可少的盘中鲜物。前些年养碗莲很盛行，好比现在大家都养多肉植物。虽然我也喜欢萌萌的“肉肉”，但“肉肉”喜欢晒太阳，不爱喝水，终究与苏州水城的品性有些距离。

梅子黄时雨

每年初夏，江南大地成片成片地浸透在连绵数日的阴雨中，此时梅子恰好黄熟，故称“梅雨”。梅雨时断时续，天空也时晴时阴，有时太阳还没有被云层挡住，心急的雨点子就已经落了下来，苏州人见怪不怪地嗔道：真真黄梅天，出太阳落雨哉。

捉 漏

小时候一直以为大人口中讲的黄梅天是“黄霉天”，因为这个季节什么都要发霉。不透风的屋角布满霉斑，衣橱里尽管放了樟脑球，也照样长出霉点来，床上的被子总给人黏糊糊的感觉，家里的书更是潮叽叽（吴方言，指潮湿）的，翻起来发涩，到快出梅的几日，打开书柜就能闻到书香里夹杂的特别的霉味儿。

心下盼望着：赶快出梅吧。只等黄梅天一过，热辣辣的阳光炙烤下来，家家户户赶紧都把被子、衣服、鞋子拿到太阳底下曝晒，樟脑球的味道四处散逸。有收藏字画的人家还要把字画也搬到户外，在荫头里展开，与一堆书籍一起呼吸新鲜的空气。

梅雨季节短则半月，长则一月有余。我们小时候住的都是砖木结构的老房子，年久失修，屋顶破碎的瓦片扛不住接连不断的阴雨渗透，漏雨几乎成为每家必经的遭遇。

天不晴，还没法捉漏（吴方言，指修补屋顶漏水），只有等天好起来，才找捉漏师傅搭了梯子上屋顶修理。有经验的师傅往往通过看屋里墙面的水渍来判断屋顶哪个位置有漏洞。揭掉碎瓦，涂上点水泥，再换上新的瓦片。如果下次落雨时先前有水渍的地方不潮了，就宣告捉漏成功。当然，遇到屋外暴雨、屋内小雨的境遇，也只有吟一吟老杜那句“床头屋漏无干处，雨脚如麻未断绝”了。

不知道算不算苦中作乐，屋漏在我童年的印象里竟是十分美好的。有一年下大暴雨，灶间漏得不成样子。母亲麻利地拿出常备的油毛毡，搭在小菜橱的顶上，又把家里大大小小七八只盆啊桶啊放到桌上和地上去接漏下来的水。那时候用的还是铅桶和搪瓷面盆，随着屋外暴雨倾盆，屋内滴滴答答颇有节奏地响起了一片打击乐的声音。我手脚并用地把面盆、铅桶移来移去，以确保雨点不会落空。在叮叮咚咚的天籁之声中，关于老屋和梅雨的记忆，也被刷上了一层暖色，如同在一条平凡的雨巷里，遇到了丁香一样的姑娘。

今天，当我们无比怀念古城老屋墙上水墨画一般的青苔，当我们无比沉醉椽沿雨帘落到青砖地上敲打成的音乐节奏，当我们无比惬意地回到园林，沏上一壶春茶，坐在窗前听雨、听鸟鸣、听自己内心的声音，我们知道，所有的怀念、沉醉、惬意，都是因为我们已经远离了儿时的生活，远离了那个虽然漏着雨但却谱出天籁之声的日子，远离了石子小路、笃悠悠延伸向的诗和远方。

那些年追逐梦想的日子里，我们知道，总有着些什么，一直在悄声无息地逝去。

梅　子

“梅子留酸软齿牙，芭蕉分绿与窗纱。”每每念及这一句诗，我都会想起我的大学同窗。

我的大学依山傍水，山上遍植果树，最多的是桃树和杨梅。这里的杨梅虽然没有东山、西山的出名，但口感也不算差。当地的果农早上摘了杨梅，中午时分用扁担挑上两筐蹲在学校食堂门口卖。吃完饭走出食堂的同学们立刻围上前，到果农的筐里挑杨梅。男生挑红红的，女生挑黑黑的，不一会儿，两筐杨梅都到了同学们的饭盆里。付了钱，女生捂着嘴笑着跑了，男生捂着嘴皱起了眉，果农捂着口袋乐呵呵回家睡午觉了。时隔多年后的一次同学聚会时说起这些往事，大家不免感慨，爱情仿佛也有杨梅的滋味，初恋时于美丽中品尝酸涩，成熟了才饱含甜蜜与深沉。

我的大学同窗毕业后各奔东西，只是他们无一不怀念苏州，怀念苏州每个季节的美食。

每年五六月间，正是苏州东、西山枇杷和杨梅依次收获的时节。杨梅树的树干高达十米以上，挺拔健硕。每年农历三月开花，黄白相间的小花常在夜间开放，天明凋谢。繁花盛开的三月，她却无意争春，只在暗夜里悄然独放，低调如斯，也是少见。然而，她全心全意孕育的果实却不同凡响，甚至颇有讲究。依照杨梅的色泽来选，紫色的杨梅最好，成熟后色泽乌紫、个大、肉厚、汁多、味甜、核小，入口后，满嘴充盈着汁水，甜中略带点酸，简直无法形容那种美好又神奇的口感。

都说苏州人吃得讲究，其实这个讲究，归根结底是个时令。春夏秋冬，二十四节气，什么时候吃什么，不可以有分毫差池。稍不注意，便与一两样时令美食擦肩而过，再相见，又要等一年。

我有个朋友尝试过各种方法为杨梅和枇杷保鲜，希望留到出国留学的孩子暑假归来后品尝。但真的很难，如同她的花儿只在夜色中绽放，她结的果实，也只能与我们相逢于短短的初夏。

水 城

除了梅雨时节，苏州不算是个多雨的地方。但是苏州多水，因此具备了与生俱来的如水般的品格。

今天的苏州古城，基本保留了两千五百年前的水城格局。沿着新修葺好的十六公里环古城健身步道，我们依次走过八座古城门，穿越一个个桥洞，从另一视角体验这座水城的“无水不欢”。

环古城河缓缓流淌，城市从晨曦的水雾中被唤醒。船来船往在桥下，车来车往在桥上。桥上车流不时拥堵，桥下水流却娴静如处子，与驳岸相偎依。当商市的喧闹从午后持续到夜幕降临，水岸的垂柳也不过就是随风多摆了几下。仿佛有两座城池，都叫苏州，仿佛有两个灵魂，附于同一个凡身肉体。

我知道，我眼里的苏州可能只有一个，但我心里的苏州，始终有两个：一个风姿绰约，情态万千，不仅高大上，而且“白富美”；另一个苏州，吴侬软语，小桥流水，不只是温柔富贵乡，更是三生花草梦。

苏州多河流，也多湖泊，也许这些就是铸就一个城市品格的自然要素。但苏州的水还有一种人文形态，那就是井。

小时候，自来水还没普及，每条街巷，每处宅院，都有一到两口水井。雨水多的时候，井水漫得很高，干旱的时节，水位便下降，甚至干枯。

大部分时候，苏州的井水是丰沛的，并且清冽。一般每家都有大小不同的铅桶，小铅桶上拴了麻绳，打水的时候，从井栏圈放下去，用巧劲左右一甩，铅桶扣入水面，一桶水被慢慢地拉上来，倒入大铅桶内，大铅桶的水装满了，再提到屋里，倒入家中的大水缸中。

水井在夏天是天然的冰箱，西瓜和装满凉开水的瓶子都被装在网袋里沉入井中冰镇，两三个小时就可以拉上来，保鲜又冰凉；井台是女人们的交际场，家长里短就在洗衣服的女人们嘴里传播；井栏圈大部分是石质的圆圈，经年累月，内侧被井绳拉出了深深的勒痕。

多年以后，当水井被城市生活所抛弃，这些承载历史的井栏圈被收藏并作为文化印记被放在了饭店、酒店或客栈的厅堂向今人展示，而那一眼眼的水井，渐渐被生生地填埋掉，即便有少数古井得以保存下来，也被铁栏封起来，成了枯井或死井。依托水井而生的那种生活，在这个城市几乎已经消亡。

不在枝头在担头

友人春颜，少小离家，在京都廿年有余，近日在我写的一篇关于苏州夏天的文后留言道：“记得爷爷最爱听的是《珍珠塔》，奶奶最爱在月白衣衫上别两朵白兰花。自从到了北方，很少听到这咿咿呀呀的唱腔，也见不到香是香得来（吴方言，指非常香）的白兰花……眼泪忍不住流下来。”

我仿佛看到奶奶衣襟上别着的白兰花，“花意犹低白玉颜”，含苞未放，馨香馥郁，于是，暑气不知不觉被忘记了一半。

是的，白兰花，这是她的奶奶，也是我的奶奶，以及多少苏州奶奶们终其一生的偏爱啊！

如果说桂花是苏城的香水，那么人们闻香识得的，不过是她的气质与品位，真的想要谙熟这座城市内在的心性，恐怕还得再贴她近一点。在深巷，在竹篮，在衣襟，在发髻，在混合着体香的手绢里，几朵白兰，几缕清芬，那才是苏州。

在我的记忆里，没有比白兰花更适合比喻苏州女人的了。白色的细细长长的花瓣，勾勒出极好看的弧线，应是十分曼妙的身姿，却不张扬，只低调地隐在绿叶丛中。未盛开时，她羞涩玲珑，粉妆玉琢；怒放时，她又如青衣旦角的兰花指，娇媚动人。这原就是苏州的韵致，无怪乎百年前从南洋引入的白兰花，合了江南的脾性，深深浸润了苏州这片风雅的土地。

一

白兰花在苏州的故乡当属虎丘。

虎丘、长青一带，原有个“三花村”，三花村盛产“三花”——白兰花、茉莉花和代代花。每年春夏，虎丘的农妇摘了鲜花便进城来卖。她们把娇嫩的白兰、茉莉放在小竹篮里，用浸湿的毛巾覆上，走街串巷叫卖着，渐渐地，白兰花的叫卖声竟形成了独特的曲调，而苏州静谧的街巷被一朵朵小小的白兰花唤醒。

“栀子花——白兰花——”

“何处来行有脚春？一声声唤最圆匀。”叫卖是旧时苏州货郎的一门声音艺术。

我小时候的苏州，大街小巷的叫卖声不绝于耳。最平常的是“破布头换长生果”之类的叫卖声，这对孩子来说操作性不强，便没甚兴趣。还有怪腔怪调的“坏个棕绷修作，坏个藤绷修作”。这在午后的街巷竟有着神奇的催眠作用。最没劲的要算“坏锅子修作”，每次家里烧坏锅底的大小锅子都会找这些人来补，或者换锅底。

而最让小孩子兴奋的要数卖腌金花菜的声音——“啊要腌金花菜？”这时，如果身边正好有一两分钱，小孩子就会赶紧奔出去买一包饱饱口福。凡此种种叫卖，让一个充满烟火气的城市跳跃起更多的小火苗，让刺啦啦喧腾的市井生活多了一抹活泼泼的热闹。

苏州文人周瘦鹃在《卖花声》一文中写道："市声种种不一，而以卖花声最为动听。"的确，白兰花的叫卖声是独特的，没有经年累月的沧桑，只有熨帖着吴侬软语的清新悠扬，究竟是花香成全了声音，还是声音讨好了花香呢？

生小吴娃脸似霞，莺声嘹呖破喧哗，长街叫卖白兰花。
借问儿家何处是？虎丘山脚水之涯，回眸一笑髻鬟斜。
——周瘦鹃《浣溪沙》

二

二十世纪七十年代，苏州的大街小巷还没有鲜花店。那是消费力的问题，并非人们不爱鲜花。记得外婆家天井里养了不少花草，靠墙砌的一个花坛虽然不大，但其中一株栀子树长得枝繁叶茂，正应了"芭蕉叶大栀子肥"的诗境。栀子花花形有点大，不适合别在衣襟上，只适合插在发髻里，所以，虽然苏州的卖花调里有她，但今天卖花的篮子里，栀子花却很少出现。与白兰花一道历久弥新的，唯有茉莉。茉莉花小，串成手镯，不失为流传至今的一种时尚。记得外婆家窗台上时常有盆栽的茉莉，一开窗，扑面而来的馥郁瞬间就把屋子的每个角落都填满。

母亲爱花，爱白兰也爱含笑（别名香蕉花）。当年她的工作单位时常有外事接待，所以院子里种了不少绿植。母亲最爱的是靠近窗口的两株植物，一株白兰，一株含笑。

白兰花初摘下时花瓣白如凝脂，母亲用缝衣针将白色的棉纱线穿过白兰花翠绿的花柄，将孪生姐妹样的两朵结在一起，再把棉纱线圈套在衣襟的纽扣上。我喜欢这样子的白兰花，似乎比现在细铁丝穿起来的更温文一些。一日下来，白兰花花瓣的尖尖上难免有些干枯，临睡时，在母亲的嘱咐下，我小心地将花从纽扣上取下，将手绢用水浸湿了，把白兰花包起来，放在枕边凉席上。俄而，睡意袭来，我很快在隐隐的微香中入梦。第二天起床后打开半干的手绢，花瓣尖上的深褐色范围似乎加大了些，但并不影响美观，更不影响芬芳，还可以重新戴在衣襟的纽扣上。

如今的夏天晚上，我习惯开着空调睡觉，凉席也被我束之高阁了。空调房里空气干燥，湿手绢也不管用，我试过几次，过夜的白兰花很少能再保持如初。不得不说，这是一种遗憾。就好像现在，苏州的大街小巷虽然还有一些阿姨大妈在路边叫卖白兰花，但已经没有多少人会唱卖花的调调了，她们中的大多数，甚至根本不会讲苏州话。

据说，虎丘三花村数年前拆迁后，苏州本地其实已没有大规模种植白兰花的基地了，阿姨大妈们叫卖的白兰花都是从外地批发来的。每每看见在车流中举着白兰花敲我窗子的阿姨大妈，尽管觉得这种行为欠妥，但我仍旧会忍不住摇下车窗来买上一串，挂在车里，似乎那一路的芬芳，是对心灵最好的治愈。

母亲喜欢的含笑花，我曾经在家中院子里种下过一棵。开花的时候，母亲已经病了，认不出身边的很多人。我把含笑花摘下给她，她闻一闻就笑了，说：“啊是香蕉花？”我惊喜地连忙点头。原来，记忆的碎片里，总有一些美好是一直在的。洗衣服的时候，我发现母亲用手绢把我给她摘的含笑花都包了起来，藏在口袋里。

其实我们怀念一些事，想念一些人，常常只是在不经意间。如同我们念念不忘的白兰花，可能恰好出现在巷陌的余晖里——一位挎着竹篮的卖花人，掀开湿毛巾，用糯糯的苏州话问一句：“啊要白兰花？”

怜他齿颊生香处，不在枝头在担头。

情疏迹远只香留

小别两个月，回到秋意渐浓的苏州已是十月中旬，打开车门，呼吸到的第一口苏州味道的空气，正是我心心念念的木樨香……

我家院中，有九棵桂花树。中秋前后，桂枝渐渐被茸茸的小碎花裹成金黄色，与墨玉般的叶密密匝匝纠缠在一起，虽不似春日桃红柳绿那般招摇，但盛放时，再静美的秋叶也掩藏不了生命本身惊人的、活泼泼的力量。

我坐在树下写字、喝茶，浸润在这桂花的香气里，已有数日不想出门。但我知道，此时整座城都弥漫着这样的香气，时浓时淡，若有若无，总教人于流连中寻寻觅觅，于微醺里恋恋不舍。

这座城市，叫苏州。苏州人喜欢把桂花叫作“木樨花”。

一

苏州古城河畔有座桂花公园，公园旁有一个同样以“桂花”为名的住宅小区“桂花新村”。桂花新村的居民吃过晚饭在桂花公园里散步、聊天、跳广场舞，看河水悠悠，望斜阳脉脉，听树叶沙沙，闻桂香阵阵……没什么人知道，其实桂花公园的桂花品种有近百种之多，乃全国之冠。

更没什么人知道，二十一世纪初，苏州曾针对本市桂花树做过统计：百岁以上高龄的古桂花树大约有一百五十株，其中超过二百岁的有二十来株。最古老的三棵桂花树都植于东山的古紫金庵前，两棵六百岁，一棵五百岁，她们虽经沧桑，却依然笑看红尘，香遍古刹，守望着太湖。

相伴太湖的还有光福绵延十里的桂花。在光福窑上、香雪、铜坑、马迹山一带，漫山遍野，两千余亩桂花蔚然成海。

数百年来，光福的桂花丛丛簇簇地被农人从枝头摘下，进入“桂花市”。清代就有诗形容虎丘山塘农历八月的“桂花市”——“七里山塘七里船，木樨香里沸歌弦”。光福人摘了桂花，贩卖四方，以为生计，赛过种稻，一朵朵桂花卖出了米价，故而得名“木樨米”。

桂花像鱼米一样养育着苏州，苏州人用敬爱来回报她。据说，苏州比杭州早了一年将桂花定为市花，从1982年至今，已有三十八个年头。

桂花是应开在天上的，神话里，桂花开在月宫，因而自古就有蟾宫折桂之说。

蟾宫折桂，有考中功名的寓意，桂花在苏州民间的地位自然也更不同凡响。清代曾朴在小说《孽海花》中写道：“只要吴刚老爹修桂树的玉斧砍下一枝半枝，肯赐给我们老爷，我们老爷就可以中举，名叫蟾宫折桂。”

苏州人对于蟾宫折桂有着代代相传的执着，毕竟书香门第多。当然，苏州人也实在争气，历朝状元总数，苏州高居榜首，占全国状元人数将近一成，前前后后共考出过五十一名状元。

康熙年间，京城翰林院里文人们闲聊，说到了各自的家乡特产。各地翰林们无不得意地夸耀自己家乡所出，吃的、穿的、用的，不一而足。唯有苏州人汪琬不吭声，众人便笑话苏州大约徒有虚名。汪琬这才慢吞吞答道："苏州是人间天堂，当然有土特产，不过，只有两样。"众人追问哪两样。汪琬说："一是梨园弟子。"众人称是。"二是……"汪琬卖关子，不说下去。众人便一再追问，汪琬这才朗声应答道："状元也！"众人立刻噤声。

庙堂之上，苏州的官员们不仅博学多才，而且从不惹是生非，只兢兢业业尽好本分；江湖之远，归隐的士子们在苏州筑起精致的园林，将日子过成凝固的唐诗宋词。

留园有一处赏桂闻香的佳绝处，叫作"闻木樨香轩"，此处一面靠墙，三面敞开，周边遍植金桂、银桂、丹桂、籽桂、四季桂、朱砂桂、鸳鸯桂七个品种的桂花。

木樨是桂花的别称。北宋黄庭坚居士学禅不悟，问道于高僧晦堂，晦堂趁木樨盛开时说："禅道如同木樨花香，虽不可见，但上下四方无不弥满，所以无隐。"庭坚恍然大悟。"闻木樨香"从此被记载于著名的禅书《五灯会元》中。

闻木樨香轩在园子中部，池畔假山的最高处，入夜后明月高悬，倒映水中，堪堪有着蟾宫折桂的意趣。要知道，园林所代表的文人隐逸的心态实质上是相对的。文人们常常因现实中的失意才归隐，又在隐逸的世界里期盼命运改变，于是那些藏于心底的鸿鹄志气，借着园林的花木精神悄然抒发。因此，闻木樨香轩两侧的对联写得相当大气，“奇石画含千古秀，桂花香动万山秋”。如此纵横时空的情怀，充盈于暗香浮动的一方小天地，若待薄发时刻，亦将势如破竹。

难怪，桂花虽“天香云外飘”，那个闻香的人，却爱在亭中坐。不仅留园，再看那网师园、耦园、怡园、退思园等，哪里没有以“桂”为名的轩、廊、亭、馆呢？

范成大在他的石湖别墅隐居十年，不惜于三百里外引种丹桂，遍植木樨，自称是一枚花痴。即便如此，后来年过花甲的他再度出仕，又一次印证了出世入世的中国文人沉浮人生的终极真理——小隐于野，中隐于市，大隐于朝。

以花木隐喻品格，有梅兰竹菊，有岁寒三友，更有爱莲之说。这些花木一个赛过一个地孤高，一个胜于一个地清冷，桂花却教人添了不少随和与暖意。

李清照有一句“情疏迹远只香留”，在我看来是写桂花写到骨子里的佳句，也许只有女性的视角和心性，才能有这般洞穿的体察，才真的道明了桂香的禅意。

蟾宫折桂是男人的物欲和权力欲，“情疏迹远只香留”是女人的世界观与价值观。

男人是为了得到，女人则是要给予。

暗淡轻黄体性柔，情疏迹远只香留。

何须浅碧深红色，自是花中第一流。

梅定妒，菊应羞。画阑开处冠中秋。
骚人可煞无情思，何事当年不见收。
——[宋]李清照《鹧鸪天·桂花》

二

与园林里的桂花相比，山野的桂花长得更壮实，香得也更浓郁。她们被做成腌桂花、糖桂花端上餐桌，被制成桂花油、胭脂香粉、雪花膏抹到女人发梢和脸庞上，与“零落成泥碾作尘”的梅花的结局不同，桂花仿佛延展了她们生命的意义。

苏州人有很多处理新鲜桂花的妙招：把她们加工成清水桂花、咸水桂花、糖水桂花；浸泡桂花酒，窨制桂花茶；做糖年糕、糖粥、赤豆糊、汤水圆、焐熟藕、鸡头米、糖芋艿、汤山芋、冬酿酒……无处不在的桂花美食活在了苏州人的舌尖，香在了苏州城的四季。

光福、东山一带产梅子，人们就用梅泥腌桂花，这种酸酸甜甜还带咸味的梅酱桂花我很喜欢。除了将桂花制品买回来享用，每年秋天的桂花季，我也会自制一小罐糖桂花。

从自家院子里摘了桂花，拣干净，清水冲几遍，用盐水泡一会儿，然后晾干，在玻璃瓶子里与白糖间隔着一层层铺好，密封起来。炒菜、做甜品，需要时撒上一点，清香就是一整年，好看也是一整年的。

所谓闻香识女人，桂花做的发油是古代女人最爱的护发用品，纯天然无污染。《红楼梦》第六十二回，史湘云念了一句“这鸭头不是那丫头，头上那讨桂花油”，引得晴雯、莺儿等丫鬟都问她讨桂花油来擦。

据典籍记载，制作桂花油须得清早摘下半开的桂花，拣干净，与香油按一斗花配一斤油的比例放入瓷罐中按实，密封，然后大火沸水蒸一顿饭工夫，再将瓷罐放在干燥的地方静置十天，让桂花充分吸收油分。最后，把罐里的桂花和油倒出，用手攥挤桂花，挤出香油，这才算得了桂花油。倘在桂花油里掺入黄蜡，就成了可以抹脸的面脂了。

当年苏州有家妆品老字号，叫月中桂，Logo是一只玉兔。小时候的我时常被母亲带去店里。

月中桂初创时在阊门内中市，后来迁至观前。创始人吴慎生。他在京为官时弄到了一张清廷宫粉配方，便索性带了京里的香粉师傅一起回到苏州开店。

月中桂售卖的妆品有鸭蛋粉、生发油、发蜡、雪花粉、芙蓉油、碱皂、香水、香蜜、胭脂、熏香等，口碑极好，因此在二十世纪二十年代，月中桂在京、津、沪、汉各大商埠都开设了分号。

1956年，公私合营，月中桂先后与源源祥绒线店、兴业橡胶店、德康丝线店、德丰祥丝线店合并，由专业商店变成了综合百货店。1966年，月中桂在同治三年设的老招牌被砸烂；至1977年，十来年的光阴里月中桂一度只能改名为春雷商店；直到1980年恢复名号，因专营妇女用品，改叫月中桂妇女用品商店。

也许因为父母亲并没有把月中桂叫作过春雷商店，所以在我的印象中她始终叫月中桂。那是母亲买护肤品必去的地方。母亲用的其实只那么几件，比如常年用的友谊牌面油，或者百雀羚雪花膏，护手的蛤蜊油，还有一个记不清名字的发蜡，六神花露水、爽身粉、痱子粉，等等。这些护肤品早已不是月中桂前店后坊自产自销的产品，无法与今天琳琅满目的妆品相比，但那“月中桂”三个字，代表了那个年代苏州女人心中不曾泯灭的对美好生活的希冀，以及在严寒冰冻岁月里残存的一缕暖香。

可是，不知从什么时候起，月中桂悄悄从观前街上消失了。

一场秋雨过后，便是满地碎玉。“花开花落自有时”，无法留住的，又岂止是这些？兰因絮果，本是自然法则，情疏迹远，才是生活的智慧。

苏式

在白先勇的记忆里，父亲总是感慨地说：

“多美啊！你们是如花美眷，我只剩下似水流年了。”

等到岁月的风霜染白了白先勇自己的双鬓，他在看到年轻的柳梦梅和杜丽娘的时候，也这样感慨：

“你们是如花美眷，我只剩下似水流年了！”

如花美眷，似水流年

那年，在一个冷雨霏霏的冬日，苏州忠王府里的古戏台被镁光灯照得雪亮。我记得那天很冷，没有暖气的厅堂上，我们搓着冻红的手等待一场演出。

那个下午，白先勇来了。他说自己有个夙愿，希望有一天能在“传字辈”老师傅演过戏的地方看昆曲。他的这个愿望实现了，尽管冷雨沿着老屋的椽檐哗啦啦地流淌，但青石板的回声遮盖不了“小兰花”演员婉转的歌喉。

白先勇看戏的时候有一种痴迷的神情，眉梢眼角间不经意透露出顾盼流连的情态。戏到高潮处，白先勇的眼眸闪烁，两朵红云飞上他的脸颊。那一瞬间，我忽然明白了，昆曲的魅惑力，并不仅仅来自戏台上演员单方的精彩，还得有台上台下的生动呼应，一台戏方能春色如许。

“不到园林，怎知春色如许……”杜丽娘唱道。

一

平门，车来车往的，让人感受到一丝匆忙间的浮躁。如果稍不留意，那条名叫校场路的小弄堂就会在眼皮子底下被错过。它静悄悄蜿蜒着，拐过好几个弯，在几乎是尽头的地方，兀出一座古色古香的门楣。这就是苏州昆剧院的所在，透着新气，显然是刚完成大修。

弄堂的静谧似乎一如八十多年前昆剧传习所在这里开办的时候。离现在的昆剧院几步之遥，就是宋代五亩园旧址。当时苏州酷爱昆曲的几个有钱人集资在这里办了昆剧戏校，招收一些穷人家的孩子来学戏。老师给每个学员的艺名中都嵌了一个“传”字，以示传承昆曲的决心。如今，传习所的旧址还剩下几间破烂不堪的平房，曾被当作林机厂的仓库，现在是外来民工临时的宿舍。

想来，“传字辈”的老艺人当年进传习所的时候，并没有背负那么沉重的寄托。他们那时只是孩子，只是因为家贫，才来到这里。六年的勤学苦练，也并不意味着他们想换取什么。在这样安静而纯粹的艺术摇篮里，他们哪里想象得到自己将要去的地方呢?

那些名字里都被寄予传承之希望的孩子，还从来没有跨进过豪门深宅的厅堂，更不懂得，在未来十里洋场的生活里，自己究竟是什么样的角色。但是，自从他们的生活与这样一个灿烂了四百年的剧种纠缠在一起，他们的命运，就被这正在没落的美丽烙印上了艰辛。

昆曲真的是不折不扣的贵族的娱乐，养昆班需要相当庞大的支出。昆剧传习所的几个发起人虽说都是豪门士绅，但后来仍因资金问题，将传习所过户给了当时江南纺织业的一个酷爱昆曲的大亨。但是没过几年，这大亨也破产了，传习所又被转手给他的两个资本家朋友。

接手的两个人是当时苏州富极一时的大商人陶希泉和严惠

字。正好“传字辈”的学生这时候满师了，陶严两人成立了一个新昆班，名唤“新乐府”，并专门在上海装修了一个很大的剧场，购买了大量的戏装和演出设备。

“传字辈”就这样生龙活虎地走进了大上海。经过六年的耗资，才到了在市场中盈利的阶段。

上海是醉生梦死的。水袖、莲步、媚眼、娇嗔……莺歌燕舞，风光无限。

风雅清丽之声在那个花花世界里如鲜花般姹紫嫣红开遍。

美丽奢靡。

二

顾传玠本名时雨，开始学昆曲是在十一岁的时候。自从在上海滩成了“传字辈”的当红小生后，他每月拿的包银便远在师兄弟之上。风波就此掀起。

1931年6月的一天，初夏的上海在梅雨季节的燠热里烦躁着。顾传玠在苏州中央大戏院演完最后一场戏后回到后台。他慢慢地卸下彩妆，脱去锦衣绣袍，在镜子前端详自己。他知道，自己的人生将在这里发生一百八十度的大转弯了。

正值大红大紫的时候，顾传玠却突然消失于舞台，即使在今天，仍然能听到人们叹惋的声音。而当时，“新乐府”人心离散，即使顾传玠没有“离班出走”，“新乐府”也已难以为继。而后，“新乐府”经过改造，以“仙霓社”的名字重返舞台，但终究难以打开局面。可怜“传字辈”的兄弟们，死的死，散的散，只剩下一两个师兄弟，继续南征北战于江湖戏台。

一江春水东流去，正应了《红楼梦》里那一句，“落得个白茫茫大地真干净”。

顾传玠离开戏班后，在严惠宇的资助下求学问道。大学毕业后，他在上海师承中学讲授《新文艺概论》。当年美目含情、玉树临风的小生传玠，摇身变作一袭布袍、一双布鞋的志成老师。有学生后来回忆说，顾老师讲课时往往侧仰着头，时不时稍稍皱眉。只在这一细微的表情习惯里，便依稀能捕捉到他昔日登台的神采。

三

在东吴大学附中读书时，顾传玠与苏州当时的教育界名士张冀牖的两个儿子同宿舍，因此结识了兄弟俩的大姐张元和。张家一家都是昆曲戏迷。演杜丽娘，正是张元和的拿手好戏。两人一拍即合，互生爱慕之心。

其实在昆曲圈子里，真正的票友是被叫作曲家的，并且属于家庭传承。很小的时候，孩子就会从父母那里受到听曲、唱曲的熏陶。稍大一点，有的人家还会专门请老师来教。白先勇对昆曲的偏爱也缘起于这样的“世袭”。

有时我觉得很不可思议——学昆曲的，要么是贫困所致，要么便是贵族的生活方式，此二者居然能统一在一个名义之下。更有意思的是，这样两个出身天差地别的青年男女，在昆曲的戏里戏外，竟成就了一世的浪漫姻缘。或许，二十世纪三十年代的思想开放程度，远远超乎我们今天对那个时代的认知。

张元和在上海读中学的时候，就对顾传玠演的柳梦梅煞是着迷。她和同学一起给顾传玠写了信，请他表演“拾画叫画”。顾传玠答应这群女学生演“拾画叫画”之时，做梦也想不到，若干年后，张家的大小姐勇敢地冲破了世俗舆论的羁绊，做了他的妻子。那是1939年上海小报纷纷炒作的头条新闻，以“张元和下嫁顾传玠”为题，极尽渲染。

张元和那时已经过了三十岁了，似乎冥冥中一直在等待这个姻缘的到来。她不是没有犹豫过，毕竟，三十岁的富有才情的女子，不再是当年给戏子写书信的小女生了。是张家二小姐允和在关键时刻鼓励了姐姐，她问元和：“此人是不是一介之玉？如是，嫁他！”

张家四姐妹在苏州很有名气。老二允和嫁的是语言学家周有光，老三兆和是著名文学家沈从文的夫人，最小的四妹与汉学家傅汉斯结成连理。叶圣陶就曾眼热地说：“九如巷张家的四个才女，谁娶了她们都会幸福一辈子。”

张家的姻缘佳话至今仍在流传，如同张家的昆曲，从昨天唱到今天，从苏州唱到台湾，从中国唱到美国，乃至更远……

昆曲在顾传玠的后半生，真正还原了它的贵族本质。经商在外的他，回到家中，与爱妻同唱一段《游园惊梦》便是最好的享受。有时，这也是朋友聚会的一道“盛宴”。

谁能说，放弃，有时不是一种最好的拥有呢？

夜夜笙歌，是因为人生如戏，还是因为戏如人生？

我想起杨凡导演的电影《游园惊梦》。即使是走上了独立自强的新女性之路的荣兰（王祖贤饰），仍恋恋不舍表哥和荣府的一派奢靡之声。在虚幻的繁华缤纷飘落的时候，那样一种沉沦与沉醉交融的复杂心绪，用水一样的音乐和花一样的歌词唱出来，听者没有一个不动情的。

戏是演给别人看的，但唱的人，到最后都是唱给自己听的。在别人的曲子里，唱自己的光荣与梦想、失落与追悔。

在白先勇的记忆里，父亲总是感慨地说："多美啊！你们是如花美眷，我只剩下似水流年了。"等到岁月的风霜染白了白先勇自己的双鬓，他在看到年轻的柳梦梅和杜丽娘的时候，也这样感慨："你们是如花美眷，我只剩下似水流年了！"

补　记

贝聿铭大师设计的苏州博物馆新馆于2006年10月建成开放，此前，苏州的老博物馆即是本文开头所述白先勇听昆曲的忠王府。如今，忠王府作为苏州博物馆新馆的一个组成部分，在参观线路的末端迎接游客。今天，苏州昆剧院还在平门校场路，但该地区已经彻底改造，焕然一新。

2014年，苏州昆剧院新剧院落成，从此定期进行公益演出，并以崭新的昆剧传习所为核心，开设昆曲讲堂和昆曲实景体验；已届高龄的白先勇先生作为苏州荣誉市民，仍在为一幕幕昆曲大戏四处奔忙。

沧浪之水，浮生之闲

沧浪之水清兮，可以濯我缨；沧浪之水浊兮，可以濯我足；沧浪之水有鱼兮，可以临水闲钓……

一切只因为，偷得浮生半日闲。

老朱今天吃罢中饭出门的时候，妻子还在洗碗。他知道她不高兴，也就不去招惹她了。可就在他后脚才迈出门槛的一瞬间，妻子还是嘟哝了一句："又去钓鱼，那'小猫鱼'又不能吃……哎，早点回来啊……"话音未落，老朱的自行车轮子已经滚了好几十个圈儿了。

九月正是钓鱼的好时节，可这几天有些燠热，风也大，老朱知道"收成"可能不会太理想，但好歹等了一个星期，要是不去，一上班，又得等一个星期，手是要痒的。

我是在沧浪亭街临水的石栏处遇到老朱的。其实，说他们几个"钓友"在那里遇到了我才更贴切。对他们而言，彼此的熟识差不多都是以十年为基本数字的，而陌生的我，只是偶然在这样一个时晴时阴的午后，与这里的风景不太和谐地出现在他们的视线里。

这时，我的女儿已经在水的那一方开始上素描课了。那幢古典西式洋楼优雅地端坐在对岸，将自己投影在沧浪之水清寒的波光里。洋楼成排的圆石柱粗大而挺拔，竟将本不算高的两层楼房撑出了伟岸的效果。

在无数次隔岸仰望苏州美术馆之后，我豁然开朗，之所以选择这里让女儿学画，不单是因为美术馆俊朗的艺术气质，或许更因了紧紧熨帖着它的这一派风摆杨柳的水岸。而与其一衣带水的，正是有着万种风情，却又素朴归真的苏州名园——沧浪亭。

走过门前的那座石桥，就可以进到沧浪亭的园子里去，但我没有急着过去。我像是一个收获了漂亮生日礼物的孩子，特别想打开它，却又舍不得弄坏精美的包装。

也许，远远地看，亭内的山，亭外的水，迤逦的一脉复廊，将远山近水勾勒得深情款款，比起高墙深院、孤芳自赏的那些园林，沧浪亭真的多了一份绿茶般的清新，给人温暖与亲切的感受。

当年，在北宋王朝的高高庙堂之上，眼看范仲淹庆历新政已然落败，苏舜钦知道，自己的仕途也将因此黯淡。于是，他决定在苏州圈地造园，用另一种语言表达自己高远的人生境界。

在苍绿郁葱、古朴清旷的山水间，我似乎看见前贤策杖而行的身影，仕途失意的落寞在山野之趣中被悄悄洗淡。还或许，苏舜钦望见了对岸这许多垂钓的鱼竿，更庆幸自己是失马的塞翁了，他会拍拍范仲淹的肩膀："老兄啊，咱哥俩'先天下之闲而闲'吧。"

一汪碧波，满池秋水，当年谈笑的鸿儒，如今往来的白丁，世人在这里，大抵没有本质的区别。

沿河人字形的石板路，虽然也窄，却完全不同于枕河的那些苏州小巷。它缠缠绵绵环着水一直绕到深处。那里水面开阔，河水似一面铜镜，倒映着沈三白的爱情。

沈三白和苏舜钦不一样，他从未做过官，没有入世的雄心壮志与出世的高逸旷达。他不过是一个潦倒书生而已，却因为有了个被林语堂称为“中国文学史上最可爱的女子”做老婆，羡煞了一代又一代小资男人。可不是嘛，仅仅住在沧浪亭邻边，“浓荫覆窗，人面俱绿，隔岸游人往来不绝”的景致就已经将一双痴情小儿女的楷模生活做了淋漓尽致的背景渲染。

究竟是沧浪亭成全了沈三白和芸娘绝唱般的婚姻，还是他们至情至性的爱情展现了沧浪亭更人间烟火的温情面目呢?

真实的苏州，是随手触摸一块青砖黛瓦，就可以触摸到数百年苍凉历史的一个城市。沈三白和芸娘在沧浪亭中得到的幸福或是短暂的，但对于相爱的人，只要是爱过，那种气息便会一直留存下来。我走在今天的沧浪亭街石板路上，一次次看见手牵手的夫妻，携着他们的小宝宝，风把他们的笑声传得很远。我依稀看见芸娘衣袂飘飘，翩然走过石桥……

如果水面没有被风掠起涟漪，我真的会以为那是一个午后的梦。梦中醒来，“钓友”的鱼篓里已经装满鲜货了。如果沈三白在这里钓鱼，芸娘大概就会在旁“红袖添饵”吧，我想。但这里的“钓友”清一色都是男人，或中年，或白发，他们兴味盎然的样子，想来，比起沈三白，他们要更衣食无忧呢。

“一个下午钓几条啊？”我问老朱。

“无所谓的。有时运气好的话也有十几条呢。今天不行……”说着，大男人脸上竟然泛起了红晕。我这才发现，他正用脚把地上躺着的一条迷你型的鱼踢到草丛里去。

“哈！”旁边的“钓友”也发现了，大家都笑了起来。

如果芸娘在，说不定会喊个“骆驼担”来，直接把“小猫鱼”煮汤喝呢！

我胡乱想着，自己也笑了。“钓友”们回头看我，很友善地问：“看钓鱼很有意思吧？”

“鱼竿不错，”我说，“它的弧线很优美。”

他们又很友善地笑笑。老朱这时开口了：“钓鱼不在于结果，只在于这过程中的乐趣啊。”

发现日头偏西的时候，老朱也准备收竿回家了。“老婆要等的。”他说，脸上的惬意同时在我的视线里定了格。

一个下午就这样过去了，我匆匆忙忙去接女儿下课。拿着女儿画的画走出美术馆的时候，我忽然有了一种回归现实的遗憾。再找老朱，发现他已经走了，这时，水边柳荫下，仍能见三三两两“钓友”的身影，风阵阵地从水上肆意吹来。

生活本身就是艺术的，而这种艺术源自冲淡。冲淡的生活是平常的，却是真正快乐的，一种任何时候都提得起也放得下的快乐。这种快乐，是苏舜钦想要而未必得到的，却是沈三白夫妇一生的精神财富。一个城市，在这样深厚的文化陶冶下，苦难和沧桑也都会显出平和的美丽。

补　记

一晃十余年过去了，沧浪亭外荡漾的绿波因禁止垂钓而显得有些清冽孤寒，不知道酷爱钓鱼的老朱是否不改初心？苏州美术馆如今已搬迁到平门，旧址复原为颜文樑纪念馆。与沧浪亭隔河相对的可园在2015年终于修复开放了，它是苏州现存的唯一的书院园林。可园是苏舜钦当年建造的沧浪亭中的一部分，民国年间曾为省立苏州图书馆。如此，沧浪亭中五百名先贤便不再寂寞了。

声声慢

在平江路与仓街之间，有一条垂直于它们的巷子，叫作中张家巷。巷子不长，有些杂乱，却有两处安顿苏州声音的博物馆。从与平江路相交的那一端走进去，没几步就可撞见苏州评弹博物馆。再深入，可遇见中国昆曲博物馆，在这里以中国最美的声音还原着苏州。

与昆曲的阳春白雪不同，评弹从诞生起，就操着吴侬软语，弹着琵琶、弦子，食着人间烟火，遍布市井街巷。

一

午后的平江路游人如织。尽管微雨，入目却是一派旖旎春色。

相隔一顶石桥的大儒巷要安静些。在这里，每天下午一场的评弹演出还有半个小时才开始，从钮家巷溜达过来“听书”的高老伯从随身携带的包包里掏出个折叠小凳，坐在门口的阶沿上闲等。

高老伯十年前就退休了，没有抽烟、喝酒、打牌的爱好，只爱一件事，就是每天到书场听一档书。

老伴劝他说，在家也可以听，孩子给买的评弹CD、DVD装了半抽屉呢。高老伯不允，他说就当是健身，走一走，“天气好呢，溜达到宫巷第一天门的光裕书场去，几个老朋友都喜欢在那里听书。泡杯茶，有时也嗑嗑瓜子，一档书下来，日落西头，回家等老伴烧晚饭吃。要是刮风下雨的，就在大儒巷听，反正在家待不住”。

苏州旧时的书场与茶馆几乎是一体的，书场都可喝茶，茶馆也都可听书。

有四家茶馆的书场名气最响：太监弄的“老义和”（即后来的“吴苑深处”）、皮市街的“隆畅”、临顿路肖家巷口的“金谷”和宫巷内的“聚来厅”。

如今苏州保留下来的传统书场几乎没怎么变，但茶馆却一个个时尚起来，有的茶馆也有评弹表演，但多是给客人助兴，付费点唱，一支弹词开篇（可以理解为一首歌）最少也得十块钱。因此，苏州“老听客”们去的多是传统的书场，书场的消费群也日渐老龄化。

二

在苏州，听书的人被叫作“听客”，表演评弹则称为“说书”。因此评弹演员就被听客们尊称为“说书先生”，这样的称谓恐怕在中国戏曲里很难找到第二例。

为什么欣赏评弹表演不叫“看书”（看戏），而叫“听书”呢？这是由评弹特殊的表演方式决定的。

评弹，是评话和弹词的合称。评话俗称“大书”，只说不唱，多由一人单档完成演出，而弹词有说有唱，大多是两人合作的双档表演，也有三人档，被称作“小书”。所谓“胸有成竹评说今来古往，舌底莲花弹唱离合悲欢”，道出了评弹“说唱”的魅力。尤其是“说”，所有戏里戏外，包括情节背景、对话动作，甚至表情和心理活动，全凭说书先生的一张嘴说出来。

不仅如此，说书先生说起书来是要“起角色”的。他们手里往往捏一把折扇，千万别以为这是乘凉用的。折扇其实是件万能的道具——说《三国》《岳传》《英烈》这样只说不唱的“大书”时，折扇是长矛，是利剑，或者是羽扇纶巾；说《西厢记》《白蛇传》《三笑》这类有说有唱的“小书”时，折扇便是书生的心情、小姐的心事了。

说书先生一般穿着长衫，女先生则穿旗袍。他们一人分饰多个角色，随时转换，即刻入戏。男女老少，南腔北调，加之精彩的肢体动作和面部表情、声音体态，无不与当时角色相衬。一档书说下来，“说书先生”往往汗流浃背。

在评弹博物馆，我看到一件当年说书先生贴身穿的“竹衫”，这是用来隔绝汗水，以免身上流出的汗水打湿外穿的长衫。显然，说书也是个体力活儿啊。

三

儿时的苏州，古街深巷里评弹之声不绝于耳，倘若篡改一句唐诗来形容，那就是“君到姑苏闻，人家评弹声”……

冬夜，早早在被窝里焐着“汤婆子”（姑苏一带曾流行的一种取暖用品，多为金属制成，肚大口小，用来装热水取暖）的苏州人把收音机放在床头，听上一档《珍珠塔》，骂两句方卿的势利姑妈才关灯睡觉。

春夜，窗外唰唰的雨声掩不住屋内吃吃的笑声，老婆边打着毛衣边把收音机拉到方桌靠自己的一边，老公看一眼露出愠色的母亲大人，赶紧伸手帮着挪一挪，好在唐伯虎终于见到秋香了，婆媳两人都很开心呢，便没有计较。

夏夜，小巷里躺在竹榻上的阿爹好婆摇着蒲扇，时不时拍打着腿上的蚊子，同时竖起耳朵盼着《玉蜻蜓》里三师太与徐元宰母子相认。

秋夜，把儿子赶到客堂间八仙桌上做功课的姆妈（吴方言，指妈妈）躲在卧室里听《杨乃武与小白菜》，收音机的声音拧得很轻，耳朵尽量凑上去。不容易啊，儿子一学期读完放寒假了，小白菜的故事却还在继续……

我的童年就这样深深地浸润在慢条斯理的苏州评弹中。从未识字的年龄起，我就是个地道的“老听客”了。我的外婆听书，母亲也听书，每天老辰光（吴方言，指同一时间）她们都会打开广播。记得好像早中晚各有一个小时，是雷打不动的广播书场，也是我的评弹启蒙课。从有线广播到无线电台，再到电视书场，苏州的民风俚俗与很多的人情世故我全都得之于评弹，甚至早期世界观的形成也可能与苏州评弹相关。

四

听书有点类似于今天的追剧，但讲述故事的节奏要慢得多。

最典型的是《珍珠塔》里陈翠娥下楼见方卿。据说在老的脚本里，下十八级楼梯要说上十八回书，真真急煞人。但评弹也是真的细腻传神。《杨乃武与小白菜》里有名的“密室相会”，就堪称一部心理剧。

当然，不要以为苏州评弹的内容都是私订终身、儿女情长。有许多铁血丹心的英雄故事也在苏州评弹里同样长歌当哭。

苏州评弹其实分很多流派、很多唱腔。每个流派、每种唱腔都有自家独到的“秘密武器”。

每一部书、每一曲开篇，不同的流派和唱腔都有着自己的特色演绎。因为评弹是口口相传的，基本上没有脚本，即使后来有些评弹老艺人手抄了脚本出来，也不见得就能成为徒弟学艺的标准化教材。

听书很有意思的一点，是永远与时俱进。你能在一部传统的书中，在离你几百年甚至上千年的故事里听到最贴近当下的段子，且嵌入得恰到好处，教人忍俊不禁的同时佩服说书先生的幽默与创新水平。

一切历史都是当代史。中国苏州评弹博物馆门前柱子上挂着一副对联：“论事三千年惟妙惟肖，弹词廿四史亦庄亦谐。”真可谓是苏州评弹的智慧写照。

横也丝来竖也丝

我的少女时代，时逢国家经济百废待兴。但在苏州这样一个被曹雪芹早就认定的温柔富贵之地，吃油穿绸亦算不上是很奢侈的事。记忆中，妈妈是很喜欢丝绸衣裳的，潜移默化间，我也对丝绸有了偏好。妈妈从观前街的乾泰祥剪一段丝绸料子回家，没过几天，我就有一件漂亮的连衣裙可以穿出门了。

丝　语

二十世纪六十到九十年代间，苏州有很多声誉卓著的丝织厂——东吴、新苏、新光、振亚、光明等。往往在亲戚、朋友和乡邻中，三人行必有丝厂女工。丝绸价格也不贵，因此，苏州人穿丝绸衣服在那时并不算什么。

我喜欢丝绸，是从妈妈给我买的一件大红色双绉衬衫开始的。那一年流行一部电影，叫《红衣少女》，恰好妈妈从同事那里买到一件出口转内销的双绉衬衫，圆领、套头、上下翻飞的蝙蝠袖，腰间还有一根红色丝带。可以想见当时我的惊艳程度。就在妈妈纠结要不要把袖子改小一点时，我一把抢过衣衫。我相信，这是我拥有的第一件真正有少女情怀的衣衫。此后，我不再追逐街头时尚的衣服面料，开始钟情真丝裙装。我尝试自己设计并裁剪，再用家里"服役"了几十年的老缝纫机缝制。我买了必备的服装辅料，买了好几本最新的上海流行的服装裁剪书，用上了几何学的计算公式，终于得意地穿上了自己设计制作的真丝裙。

二十世纪八十年代末九十年代初，我在苏州西南郊的一所大学读书。宿舍里另外六个姑娘来自全国各地，拍毕业照的时候，七个女孩齐齐地穿上了苏州丝绸。开始的时候，她们只是羡慕我有很多真丝裙装，后来我们上街买了料子，在宿舍的大桌子上做喇叭裙。没有缝纫机就手工缝，没有电熨斗就拿茶缸装了沸水把裙子烫平。上铺的东北女孩对我说，长这么大从来没有穿过丝绸，摸起来都是享受啊，柔软到骨子里了。打那以后，我懂得了什么叫"身在福中不知福"，在天堂苏州长大的我，再也不敢矫情地说自己不喜欢苏州了。

随着苏州国有丝织厂的纷纷改制，人们的物质生活变得更加丰富，丝绸似乎一时淡出了喧嚣的尘世，只在我们的衣橱里兀自"人老珠黄"。我不算是念旧的人，但还是会和所有女人一样，每季打开衣橱，像皇帝那般思考"又该纳妃了"。但是对于每一件真丝衣服，我都无法绝情抛弃，穿旧了的还会当作睡衣继续穿。那些年穿过的旧衣，与我都有着相濡以沫的感情。

丝 情

在整饬一新的苏州丝绸博物馆，我逗留了整整一个下午。在丝绸现代艺术展厅的二楼中央，来自甪直的王姓织娘正在古老的木织机上做着缂丝。她埋首屏息，全神贯注，我站在一旁良久竟未被发现。木织机与织娘被四面连成密密珠帘的蚕茧包围着，仿佛隔出了一个四维空间，这里与外面的世界有着完全不同的时间速率。

我问她一天能做多少，她说大概像一元钱硬币那么大。我心想，如果是一人，做一件龙袍，大概要倾其一生了。倘若一个人一生只专注做一件事，是不是就不会有那么多不甘心和不情愿？

伫立于数百年前的丝织物残片面前，心情忽然变得忐忑。虽然隔着玻璃无法触摸到那些花纹，但是竖经横纬、纵横交错间，我真的能感觉到织物的呼吸。他们生动于我的眼前，宽袍大袖，举手投足，谈笑风生。

丝乃思也。"氓之蚩蚩，抱布贸丝。匪来贸丝，来即我谋。"小儿女情态早在《诗经》中就描摹深刻。

那丝情脉脉，想来曹雪芹是最懂的。他本出身于织造官府家庭，从小耳濡目染，因此才会有《红楼梦》第三十四回中黛玉一气呵成写在宝玉赠她的旧丝帕上的情诗《题帕三绝》。从全书来看，这三首诗应是黛玉第一次对宝玉直抒爱意，也是两人感情明朗化的开端。

另一个故事也关乎丝帕传情。明朝诗人杨慎遭贬，谪放边关。他的妻子黄娥思念丈夫，想写一封情书寄去，又怕因书遭祸，聪明的女人就将一条白手绢托人捎给丈夫。杨慎接到素绢，反复思索，终于悟到妻子是用一方丝帕来表达千丝万缕的相思，当即在帕上题诗："不写情词不写诗，一方素帕寄相思。郎君着意翻覆看，横也丝来竖也丝。"后来，苏州文人冯梦龙采集编纂了江南民歌集《山歌》，收录了已被改编的这首诗歌："不写情词不写诗，一方素帕寄心知。心知拿了颠倒看，横也丝来竖也丝，这般心事有谁知。"

丝绸与女人天生有默契。相思的浓淡，没有阶层之分。之所以唯美，或许是与眼前这些有关——宋锦的华丽、漳缎的端庄、缂丝的精致、苏绣的妩媚，这一切都与女人的天性无缝对接。

想起王家卫的《花样年华》，想起张曼玉一身又一身穿不厌、观众也看不厌的旗袍。丝绸是女人另一层肌肤，也是女人一生不言弃的爱情追求。

丝　境

从五行来说，蚕丝属水。春蚕吐丝，是用生命之水孕育新的生命。

小时候养过蚕，一开始是从同学那里拿回来的蚕卵，放在了火柴盒里。后来蚕虫孵出来了，吃着老宅后院的桑叶长大，便换了鞋盒子给它们住。它们长得很大的时候，吃起桑叶来嗞嗞作响，颇具气概。有一天，蚕宝宝不吃桑叶了，我以为它们病了。姐姐说，它们要开始吐丝了。

孕育生命是一件特别奇妙的事。我见过母猫生小猫，也看过母鸡孵出小鸡。然而，蚕是完全不同的。

在蚕宝宝作茧自缚的那几日，我很纠结。因为我知道它吐完丝就意味着生命的结束，但我也知道它在这个小小的蚕茧中会变成丑陋的蛹，然后在孕育新生命的时刻破茧化蝶。我渴望得到那个圆润的丝茧，但又无法接受在得到的同时失去。那个纠结过程的记忆已模糊了，只记得后来我再没养过蚕。

有一位名叫梁绍基的当代艺术家用摄像机追踪了蚕吐丝的全过程。他惊异地发现，蚕以生命幻化生成的山水卷里竟有时季之分，春溪淙淙，夏水潺潺，秋涧弯弯，冬流凝冰。而被银丝覆盖的黄渍又幻化出莽原，山涧，旷野，峭岭，亘古原始之象。最后裸蚕吐丝殆尽，部分茧子和残蛹掩埋在长长的丝箔下……蝶化时分，群蛾振翅，如冬花怒放。

说实话，对这段描写我是十分震惊的。我们只知道“春蚕到死丝方尽”，却并不懂得每一种生命于这个世界的附加价值。若人类自恃站在生物链的顶端，便可以不珍惜自然的宠爱与馈赠，那么有一天当我们发现自己已经与自然为敌，会不会悔之晚矣？当我们返身寻找那个我们曾惶恐逃离的旧家园时，当所有作为物质或非物质的文化遗产重新被我们关注珍惜时，我们有没有问一问自己，这些遗产是否真的可以失而复得？

池上花开

数年前，我买了一套一楼带院子的房，满怀憧憬地装修它之前，先规划了院中景观：挖一池小而灵动的碧波，育几株托起珍珠的风荷；堆一座有太湖DNA的山石，引清流湍急而下仿若飞瀑；植修竹以为墙，架紫藤以为亭；铺上鹅卵石的路满地锦绣，再有一树绿意护窗的芭蕉或可夜阑听雨……

我被自己内心深处的渴望惊到了，原来，这才是我想要的一个可以安放心灵的家，它其实是一个小小的苏州园林。

曾经，苏州到处都是园林，最盛时，小小的苏城拥有的园林不下三百处，除了部分皇家园林和寺庙园林外，大部分都是古代文人创造的私家花园。它们兴于宋元，盛于明清，近代以来遭受战乱、浩劫，损毁无数。苏州园林经岁月侵蚀、园主迭代、兴废交替，艰难存活到了今天。

虽如此，残垣断壁间总有各式遗存，有时是墙角开着老梅、柱间晾着衣裳的旧亭，有时是岸边湖石层叠的池塘，有时是客堂间不经意抬头所见的雕梁画栋，有时是青苔爬藤缝隙中门楼砖雕的镌痕……这些都是家常，这些都曾是我想要逃离的“不堪”，在我儿时的记忆里，它们与美无关。

长大后，爬过了高山，看过了大海，见多了大自然直抒胸臆的山水，儿时的那些向往也渐渐平息下来。回望来路，突然就懂得了曲径通幽的审美，谛听内心，终于明白了山林写意的况味。大概是一种中年心境吧，当年的造园人，哪一个不是铩羽归巢，为了寻求慰藉，抚平心头褶皱而来的呢？所以余秋雨说，苏州，是中国文化宁谧的后院。

经过近年来的精心修复，苏州古城现在存有大大小小的园林六十座左右，其中开放的约占三分之一，被联合国教科文组织列入世界文化遗产的园林有九座。其中，艺圃是我最爱的所在。

如同苏州人低调的处世原则，苏州园林也不事张扬。在小巷深处寻找一座小园林，如果不借助手机导航的话，必定会走许多冤枉路。园林不是你想象中的高门阔户，也基本没有威风凛凛的石狮子看门，甚至可能从其门前走过，生生错过了满满一园的春色。

艺圃就藏于一条极窄的小巷——天库前文衙弄，即便在它极盛时，宾朋四至，"高贤胜景，交相为重"，也只在园中热闹，并不显赫于四邻，正如当时文人汪琬诗云："隔断城西市语哗，幽栖绝似野人家。"

汪琬对于艺圃的痴迷，不亚于任何一任园主，他先后为艺圃写过诗文二十余篇，我最喜爱的是他的《竹枝歌》第一首："池上花开照眼明，流萍无数杂飞英。一双紫燕贴波去，三寸银鱼吹浪行。"

是的，一池春水，是园林的血脉，也是灵魂。

第一次去艺圃是在二十世纪八十年代末，园子修葺开放之后没几年。少时的我对园林并无太多感怀，即便像拙政园、留园、狮子林那样的名园，也不过留存了一些与家人在园中合影时的记忆。可是，踏进艺圃的我却蓦地生出了一见钟情的爱慕。

艺圃的第一位主人叫袁祖庚。他在不惑之年弃官归隐，因手头不算宽裕，便选了当时并不热门的阊门地段给自己造房子，这便有了艺圃的前身——醉颖堂。八十年后，醉颖堂被文徵明的曾孙文震孟买了下来，改名为药圃。又过了四十年，朝代更迭，日趋荒芜的药圃被山东莱阳人姜埰购得，他将园子又改名为“敬亭山房”，后来他的儿子将敬亭山房改为“艺圃”，这个名字一直沿用至今。

作为明王朝的遗老遗少，姜埰父子誓不事清，园中各处景致的名称，亦被主人一一赋予了怀念大明河山的寓意，例如池东的明代遗构乳鱼亭，取“观乳鱼而罢钓”以寓思故国而不出仕的气节，像这样通过园林艺术表达遗民思想的，并不多见。

再后来，艺圃又数次易主，到清朝道光年间，苏州绸缎同业会买下园子，用作会所，取《诗经·小雅》“彼织女，终日七襄”之意，称会馆为“七襄公所”。因为财大气粗，几近荒废的艺圃得以整饰一新，又门庭若市起来。

横卧于艺圃中央水池北岸的延光阁就是在七襄公所时期修建的，是苏州园林中最大的水榭，临池用石柱、石梁挑于水面，平直铺展岸线，在小小的园中竟彰显出了大气派。但是，也有业内人士认为曲池中的一大段直岸是显拙的败笔，因此在1980年打算修复艺圃时，两种观点进行了激烈交锋，最终在陈从周先生的建议下还是保留了延光阁，这才保住了今天艺圃临水照花的茶室，以及苏州人泡在茶室里的曼妙时光。我最爱这一览无余的水榭，无论站在水池的哪一处岸边望去，波光里的倒影都是一幅绝美的图画。

艺圃很小，建筑、花木、假山全都围绕着园中央水池布局。明式园林的特色与明式家具有异曲同工之妙，明朗简练成为主体风格。北岸的旷达致远，恰恰衬托了其他几处的逶迤秀美。

从延光阁水榭南望，可以将花园景致尽收眼底。正南处林泉深壑，亭榭虚凌；西南角浴鸥小园院墙高大，青藤满墙；桥卧湖石，野趣横生。小小园子竟有着真山真水的空蒙、高墙深宅的意味，不得不赞叹造园家的匠心。

延光阁水榭当年是七襄公所的议事厅，如今是园林茶室。茶室里每日吴侬软语不断，茶香四溢，来的大多是上了年纪的苏州本地人。"长枪短炮"的摄影迷不少，也多是退了休的大叔大爷。他们扛着专业相机蹲守在落地窗前，不放过分分秒秒的景致变化，可谓"纳千顷之汪洋，收四时之烂漫"。

临窗而坐，三五知己，一杯碧螺春，此时想到的还是汪琬的诗句："棐几只摊淳化帖，雪瓯频试敬亭茶。与君企脚挥谈尘，杨柳荫中日渐斜。"

造园者的初心很美好，想避开这世间的纷纷扰扰，静守一方净土，写字、作画，与友人聊天、喝茶……雨后春水新涨，等不及静坐垂钓，直接往池中撒开渔网，何等恣意畅快！

可是，大隐于市，也终究身在市间。"不出城郭而获山林之怡，身居闹市而有林泉之乐"的美好愿景常常被无情的现实粉碎。

文震孟在罢官返乡的那一年秋天逝于药圃，他的弟弟文震亨，写了造园专著《长物志》。后来，文震亨在明亡后随之绝食而亡。文震孟的儿子文乘参加反清义军被捕遇害，儿媳也殉节赴死。

文家的惨案还不算最惨。1860年，太平天国攻陷苏州，因为害怕受凌辱，数百男女逃到了七襄公所后投水溺死在园中。十五年后，吴县知事褚成绩亲自为无辜受难者撰写了《悯烈碑记》立于园中，该石碑在1984年水池清淤时被发现，如今被移立在并不对游人开放的花房内。《苏州市志》记载，“仅在太平军攻占苏城期间就有八万余百姓投河自殉，幸免未死者纷纷离境”。

光阴可以斑驳了院墙，模糊了记忆，却无法抹去历史的痕迹。

一个城市留存的遗产，就是城市记忆本身。

民国初年，艺圃被作为民宅出租，苏州商会也曾在这里办公。日伪时期，艺圃成为伪乡公所，风风雨雨，来来往往，从此廊榭倾颓，池沼湮废，莲花绝种，石峰焙烧，假山残破，满目荒芜。

1949年后，苏州市工商联、苏昆剧团、苏州越剧团、苏州桃花坞木刻年画社都曾将艺圃作为工作场所。这座园子甚至曾是学校、托儿所、裱画车间及仓库……

二十世纪六十年代，我母亲供职于桃花坞木刻年画社，她保存的影集里，存有当年在艺圃与同事的合影。这些黑白照片上，园林中的人如一季春花，刹那芳华，教人唏嘘。

彼时已是“文革”前夜，此后不久，桃花坞木刻年画便再次遭难被毁。母亲曾回忆说，有一次在艺圃加班，大伙儿听得池中有异响，吓得不轻。有人说，池中有冤魂。当然，那个年代，谁也不敢相信这样封建迷信的话。后来，见池中窸窸窣窣爬上来一只巨大的癞头鼋，大家才算松了一口气。

母亲的叙述是否准确，没有考证的必要了，我只是常想，天地宏大，岁月漫长，万物造化似有轮回。而渺小的人，短暂的生命不过如这池上花开，“年年岁岁花相似，岁岁年年人不同”罢了。

竹外一枝

1978年，来自美国纽约大都会艺术博物馆的客人在苏州流连忘返，他们说，想把苏州的园林搬回去。

两年后，一座以网师园殿春簃为蓝本的明式园林建在了纽约，开创了中国园林艺术出口的先河。这个坐落于大都会博物馆二层东亚艺术馆中心位置的园林瞬间惊艳美国，它的中文园名叫作明轩（英文名The Astor Court）。

之后，旧金山、蒙特利尔、温哥华、法兰克福、波特兰等几十座城市都相继建起了苏州园林，从此，园林艺术营销成为中国文化输出的一个重要部分。

数年前，我参观纽约大都会艺术博物馆时兴冲冲地去了明轩，但是，一圈兜下来却有些失望。当我们在海外的很多艺术馆、博物馆看到中国的书画、古玩时，最强烈的感情是庆幸它还完好存在，可以让今天的我们细细品味，而为什么此刻在异国他乡见到苏州的园林，我却感觉不到欢喜？

是的，苏州人精心打造的明轩，无论设计还是材质与工艺都绝对上乘，但如今，它却“屈居”于博物馆的屋宇之下，连园林的天空也被玻璃屋顶的框架分割成一个个方块，我心下除了疼惜，还有感慨：这，不是真的苏州园林。

当然，这不是明轩的错，也不是博物馆的错，更不是苏州的错。文化应当输出，艺术也可以营销，但苏州园林的灵魂只有一枚，它孕于吴山点点，育于烟水茫茫，生动在苏州小巷人家的日子里，隐逸在花木掩映的岁月中。

所以，明轩不是殿春簃，没有张大千，没有虎儿，没有庭前芍药，也不会成为蕉窗听雨的苏州人的书斋。

作为苏州人，我早该懂得这一点，所以，也不该对明轩失望，毕竟，苏州园林并不是一堆建筑构件。

殿春簃，是网师园西北角一个自带庭院的书斋，北部是小小一方天井，南部为宽敞的主庭院，沿袭了网师园一以贯之的简约、爽洁的明代风格。陈从周先生的老师、画家张大千寓居网师园时曾将这里作为画室，因此本就喜爱网师园的陈从周更是对殿春簃推崇备至，将之作为设计蓝本推荐给美国人，也是他的意思。

我很喜欢殿春簃的那副楹联："巢安翡翠春云暖，窗护芭蕉夜雨凉。"该联出自清代诗人何绍基之手。想象一下，窗外翠竹环绕，芭蕉蔓生，写诗作画疲了乏了，抬头望去，绿意盎然的春色映入眼帘，是否心头的种种就可以轻轻放下呢？

花木之于园林，是意境生发的源泉，花木精神之于园中的文人，是精神世界的依托。园林之中的花木，从来都不是随意种植的，梅、兰、竹、菊是花中君子，松、竹、梅是岁寒三友，莲池碧荷寓意出淤泥不染。蕉窗听雨，必定是在心灵孤独的放逐之后，慢慢与世界、与自己达成和解。

此时，不由得想起耦园的一副绝妙的楹联：

卧石听涛，满衫松色；

开门看雨，一片蕉声。

这是我以为的苏州园林中最富镜头感的文字，简单的诗句，却包含了画面、动作、视觉、听觉、意象、色彩，远景、近景、特写，还有剧情……

美国著名建筑师汤姆·梅恩陈述过一个观点，我原来并不理解，他说："建筑师应该像写剧本那样去设计建筑，为建筑带来生活感。"建筑是为人服务的，人打算怎么生活，建筑应该并不知情。那么，怎么去写建筑剧本呢？

《牡丹亭》中，杜丽娘逛到自家的后花园里，忽然发现生活竟如此美好，叹道："不到园林，怎知春色如许？"是啊，春色如许，难道她在闺房里看不见窗外的春色，只有来到了园林才发现吗？

我终于明白，真正好的园林，的确设计了剧情。设计了剧情的建筑，方能与生活其中的人们共情共生。

住在网师园里的张大千曾感慨说："卷帘一看，窗外蓝天白云，山光树影，尺幅画，无心画，每一扇细木窗格处，都是一幅绝妙的画。人在画中，画中有人。……我爱它独步千古，但要深说，就说不透了。"

这"说不透"三个字，就是园林独特的意境，比书画抽象，比诗词复杂，或许，只有身在其中时才能体会，一旦离开了，只会想念，却无从表达。

苏州园林的建筑、山水大多离不开点题的笔墨，匾额和楹联于园中有着画龙点睛的作用。有了“水面文章风写出，山头意味月传来”的题额，月到风来亭暗藏的意象才愈发生动。

陈从周评价网师园为“小园极则”，“是以少胜多的典范”，最适宜静观，静中生趣，不像拙政园径缘池转，廊随人引，适宜移步换景地动观。

观网师园，要静。一池碧水清澈如镜，射鸭廊、濯缨水阁、月到风来亭、看松读画轩和竹外一枝轩等连缀入画，集中了春夏秋冬四季之景物，朝午夕晚四色之变化。

随意择一处静坐也是游园的好享受，廊下、亭中、石上、池边，到处可以小憩，细数游鱼，待月迎风，或者干脆晒晒太阳发发呆，默看“花影移墙，峰峦当窗”，真正应了洪亮吉那一句“太湖三万六千顷，我与此君同枕波”。

网师园的静，在午后的阳光下达到极致：游人稀少时，慵懒的感觉充溢在园子里，时光也仿佛停顿了。欧美游客偏好安静，喜欢听导游细细讲解每一处的故事，甚至一把明式的交椅、一只插着梅枝的花瓶。

我有些好奇，不知道他们会如何理解将诗词物化了的苏州园林。毕竟，如果建筑是凝固的音乐，还可以聆听，而诗词的物化，隔着语言的鸿沟，比如我喜欢的竹外一枝轩，导游又该如何解释苏轼的“江头千树春欲暗，竹外一枝斜更好”呢？

竹外一枝轩在池北，临水而筑，玲珑剔透，松梅盘曲，从池南望过去，宛似船舫。轩后的天井里植了一片翠竹，透过洞门空窗可见百竿摇绿，可听微风吟唱，取苏轼诗句“竹外一枝斜更好”之意。若细读全诗，会发现苏轼其实意在咏梅。

西湖处士骨应槁，只有此诗君压倒。
东坡先生心已灰，为爱君诗被花恼。
多情立马待黄昏，残雪消迟月出早。
江头千树春欲暗，竹外一枝斜更好。
孤山山下醉眠处，点缀裙腰纷不扫。
万里春随逐客来，十年花送佳人老。
去年花开我已病，今年对花还草草。
不如风雨卷春归，收拾余香还畀昊。

——［北宋］苏轼《和秦太虚梅花》

苏轼的这首七言古诗是与秦观的唱和之作，首四句赞美秦观的诗，次四句赏看梅花，再四句说梅花情缘，末四句忆旧游而感慨。一首梅花诗，虽没有出现一个“梅”字，我们却仿佛见一株老梅疏影横斜，于竹外遗世独立。

竹外一枝轩原为封闭式斜轩，后改为敞轩，“竹外一枝”隐含了“斜更好”的意思，点题了梅树，照拂了幽竹，还致敬了东坡先生，可谓一举多得，真的是服了造园者的巧妙心思。

不仅如此，竹外一枝轩还是其背后五峰书屋、集虚斋与彩霞池之间尺度转化的媒介，它填补了象征礼仪秩序的厅堂和象征闲适人生的园林之间的沟壑。

记不得是哪一位国外的建筑师这样说过：“我的每一次设

计灵感均来源于文脉关系，即将人们的情感与有意义的场所片段对接。”换句话讲，写作之道讲求“一切景语皆情语”，苏州园林的设计，一砖一瓦、一草一木，无不践行着这样的理念。

网师园是古代苏州世家宅园相连布局的典型，东宅西园，始建于八百年前的南宋，宅曰“万卷堂”。至清代乾隆年间，退休回到家乡的光禄寺少卿宋宗元买下园子并重建，方定园名为“网师园”。

网师，不就是指的撒网的渔夫吗？想来他看中这个园子，或许就是看中了“渔隐”二字呢？

园林的一代代主人，大多显赫过，也失落过。他们归隐时，并不可能真的去种豆南山、独钓寒江，他们清闲富裕又有文化，便可追求一种高质量的物质和精神生活，这种生活集中在网师园，即是“渔隐”。古人不仅有渔隐，还有菊隐、酒隐等各种归隐于艺术与自然的生活方式。

乾隆年间，苏州状元郎彭启丰在网师园写下《戊寅岁元夕网师园张灯合乐即事》，描绘的是园子里的元宵夜宴；嘉庆年间，范来宗游园，也记述了这里“看花车马声如沸”的热闹场景。从中我们可以了然，古人的归隐或许并非一场寂寞人生，“大隐于市”的定义，当是活在当下，潇洒走一回。

苏士

有竹居的窗前，没有案牍劳形，尽是田园牧歌。

他是有大智慧的人，对世事看得通透，通透之后却不凉薄，而是保持了最恰当的温度对待自己身边的人和事。

他给予人的，是最恰当距离的体贴，没有绝顶的智慧，是做不到的。

邻雅旧宅

我知道周瘦鹃却不识得范烟桥，直到有次，一位外地的朋友推荐我读他的小说《孤掌惊鸣记》。读罢便赶紧上网搜索范烟桥的资料，这才恍然，原来他的名气不在周瘦鹃和程小青之下。

也许是我在中文系上课的时候开了小差，或者老师压根儿没有提及过他，但不管怎么说，这都是件令人汗颜的事。此后很久，我都不敢跟外地的朋友说起，生怕人家怀疑我到底是不是地地道道的苏州人。再后来，我读到作家叶兆言的一篇文章，说范烟桥“既在文坛之中，又更在文坛之外”。甚至在范烟桥本人所撰的《民国旧派小说史略》中，也没有提到他自己的名字。

一

他应该是寂寞的。

不管是他的名字，还是他数十载爬格子的岁月，都像他家门前临顿河的流水，从容孤傲地穿过一座座小石桥，在多雨的江南，融入了一大片的雾色里。

前些年临顿路拓宽改造时，河东岸的房子都拆了，建成了绿地，于是西岸，也就是临顿路下塘，就生生地暴露在了繁华的街面上。隔岸的车水马龙终于将都市的嘈杂带给了原本闹中取静的“邻雅旧宅”。范烟桥二十九岁时走出同里古镇，居住于邻雅古宅，这里就是他闯荡苏州文坛的开始。那条小巷子，又有着一个充满水乡情韵的名字——温家岸。

温家岸17号，我是沿河寻去的。奇怪的是，走在离最热闹的观前街如此近的这条小巷里，我躁动的情绪居然会一下子平静下来。暮春的斜阳被挡在了房子的身后，夹岸垂柳依依，桃花犹笑。虽然旧宅的门面房大多开了小店，但也都是不太张扬的那种。在走过一家铜字招牌的小店后，斜对菉葭桥，蓦地有一道粉墙，围起了飞檐翘角的老宅，兀自比旁边其他房子高出了一截。不用看门牌，我知道，那就是了。

范烟桥的父亲字葵忱，葵心向日，所以这座宅园在二十世纪二十年代被范家买下来后，便有了一个“向庐”的名字。又因为邻近“雅园”（清初诗人顾予咸别墅，原名“野园”，吴语谐音“雅园”）旧址，范烟桥就在自家门上题写了一个“邻雅旧宅”的别号。

果然，那四个字还在，但显然已经重新描绘过了。木门上的红漆也新刷了一层，写着“范烟桥故居”的铜牌锃亮地挂在门上。

范烟桥和周瘦鹃似乎总是被放在一起说，这是由于他们都被归类为鸳鸯蝴蝶派，两人都喜欢养花，又都喜欢戴墨镜等。可是第一次看到范烟桥的相片时，我还是吃了一惊，他的模样与我印象中的苏州男人形象不太一样，感觉那副墨镜在他脸上，让他多了一种江湖的气息。直到后来，我在温家岸17号翻建后的平房里，见到那个躺在床上的九十岁老人。

老人是范烟桥的长女，名叫范慧静，是兄弟姐妹七人中唯一留守在老宅的。我在老人床边坐下，一抬头，恰与墙上一张放大的着色相片上二十六岁时的范慧静四目相对。而眼前的老人，依旧目光清澈，思绪如潮。

那年，八岁的范慧静跟随祖父、父亲迁居到温家岸。“新家”很漂亮，假山玲珑，池馆幽雅。不久，父亲便同赵眠云、郑逸梅等叔叔伯伯们办起了“星社”，创办了《星》周刊。夜深人静的时候，小慧静也会端过母亲沏好的洞庭碧螺春给父亲送去，只是祖母和父亲床头的那些弹词读本，她却无甚兴趣。长大后，范慧静成了一名妇产科医师。有意思的是，他们兄弟姐妹七人，以及他们的子嗣中，竟没有一个得传了作家衣钵的，相反范家却成了一个理工学科世家。这大概是范烟桥所不曾料想到的。

二

他也许是不寂寞的。

谁能想象，“一抹朝晖掩雪峰”这样一句意境悠远的诗句，竟是范烟桥吃早餐白米粽蘸玫瑰酱时的即兴之作。从这一个细节来看，他倒又真的不失为地地道道的苏州男人、苏州文人。

范烟桥、程小青等一帮文友，那时经常在紫兰小筑（周瘦鹃宅邸）聚会，风雅之余，也打打牙祭。周瘦鹃的夫人烧得一手好菜，范烟桥胃口最好。别人谈笑风生，他只顾埋头大吃，有一回程小青突然追问："老范，你只顾吃，刚才大家谈的你听到没有？"范烟桥一边大嚼一边点头，引得众人大笑不已。

苏州人很多时候是活在自己的乐趣里的，舞文弄墨也仅是为了娱情。尽管不愿意承认自己是"鸳鸯蝴蝶"一派，但写字、作画、喝酒、品茗无所不嗜，并热衷于写弹词、编电影剧本、填电影歌词的范烟桥，与"鸳鸯蝴蝶"怎能脱得了干系？周璇的金嗓子，唱了他填词的歌才更加婉转动听呢！

生逢乱世，慨当以慷。就算没有写过新派的文学，仅凭他只身赴会日本人的"鸿门宴"，断然拒绝为日伪报纸撰文，这一身傲骨也尽情挥洒了"文正世家"的气节。提着自己头颅的勇气从来不会是一时热血，临行赴会的他冷静地告诉家人，此去很可能会成永诀。

用现在的话来说，其实范烟桥是个不折不扣的高产作家，倘使那时就有网络这种东西，可能他早就当上腰缠万贯的"大咖"了。范烟桥的时代，不是一个以畅销论英雄的时代。

不管后世的人们给他那些小说如何冠名，武侠小说也好，黑幕小说也罢，甚或笼而统之称作社会小说，他范烟桥也不在乎。他"每日数千字以应"，不到一个月就能写完一部《孤掌惊鸣记》那样的长篇。

光阴荏苒，斯人两鬓染霜。

终于，在一个平常日子，年逾古稀的三位文坛老友——范烟桥、周瘦鹃、程小青，一起遭受了一场浩劫。心脏不堪重负的范烟桥第一个走了。周瘦鹃在灵堂里大声哭嚎：桥兄，桥兄，我不相信会永远这样下去！而这位心有不甘的老人，不久，便在他心爱的紫兰小筑投了井。

只可惜，见证历史的邻雅旧宅终因年久失修而墙塌屋危。于是，温家岸17号所在的花园里，旱船、廊屋都被夷为平地，并在原地翻建了平房，唯一幸存的只有两块太湖石。而那还剩一半的老宅，总算至今还大隐于市。

生活，还在继续：那菱形网格的砖墙，那苍苔阶绿的天井，那用来抵门的石鼓墩，那晾晒衣物的三节架……

补 记

重访温家岸已经是时隔十二年后的春天，一样的四月，一样的柳絮飘飞。我原以为总会有很大的变化，其实不然。十二年对一座有着两千五百多年历史的城市来说，也许真的只是倏忽之间。

观前街东头的陆稿荐还是天天有排队买卤菜的新老苏州人。“酱汁肉”的横幅从三月初就开始拉起来了，这是独属春天的胭脂色的美食，不知道范烟桥和他的伙伴们会用什么样的辞藻为其描绘。从陆稿荐沿河一路走到温家岸17号，眼前的景象有些许陌生，许是路边那些店招换了又换吧，但近了邻雅旧宅便觉出眼熟——素朴的粉墙，旧日的门楣，我心里暗暗庆幸。

老宅大门紧闭着。我踌躇再三，终究没有叩响门环。清晰地记得当年九十岁的范慧静老人清澈的目光、恬淡的微笑。我想，那就这样吧。

一声圣叹

三百多年前农历的一个立秋日，依然暑热难当的江宁（南京）城里，刺鼻的血腥味从三山街弥漫开来。刚刚斩杀的一百多名死囚里，有十八个苏州的读书人，他们因为“抗粮哭庙”招致了身首异处的悲惨下场。好心的狱卒悄悄把死囚们临终的遗书捎回了家乡，令这位阅历丰富的狱卒百思不得其解的是，有一封遗书这样写道：“字付大儿看，盐菜与黄豆同吃，大有胡桃滋味。此法一传，我死无憾矣！”

写这封遗书的人叫金圣叹。

一

最近读闲书的时候，偶然发现金圣叹最后的居所就在饮马桥的石家湾——而且是这条巷子西口北侧的地方。仔细想了一下，莫非就是我以前常去充饥的那家饺子馆？饺子味道一般，桌子也老是油腻腻的，擦不干净。我唯一光顾的理由就是那店堂的老宅子里保留了一架“飞虹”——这样的“过街楼”在苏州已成稀世遗存，少不了文人墨客的垂青和游人摄影镜头的偏爱——

从过街楼上每走过一遍，我都相信那是一道风景，尽管走过频率最高的，永远都是店里端着盘子的服务员。那风情旖旎的栏杆，也黏糊糊的，浸透了饺子的油水。

我不能接受把饺子馆与金圣叹扯到一起的联想，不仅因为那里烟火气太重，更因为他曾评点千古绝唱的《水浒传》和《西厢记》。试想一下，才子评点“才子书”，不在听雨的深院蕉窗之下，却在这样闹猛聒噪的巷子口，未免太煞风景。

跟一位朋友闲聊起此事，朋友说：“金圣叹本就是市井之徒，很会敛财的。开个饺子馆，也不算糟蹋了他。”

我豁然开朗，决定不再追究金圣叹到底有没有在这座宅子里住过。

二

其实石家湾早就拆得面目全非了，只那三字的巷名，被刻在石牌坊上，很惹眼。穿过两边新开的一个个电脑通信类小店，几十米处，巷子便向右拐了个弯。有意思的是，苏州图书馆几经迁徙，最后在这里安了家落了户。石家湾像母亲温柔的臂膀，将年轻健壮的儿子轻轻搂住。

如果金圣叹活到现在，看见这般丰厚的藏书就在自己的家门口，应该乐得合不拢嘴——“待我一本本批来！”

朋友又批判我：“金圣叹活不到本世纪啊，他那张臭嘴！”“如果他侥幸存活了呢？”我不服气。“那他就发大财了。写书、批书……做个分享平台……”这么说，真的是金圣叹生不逢时啊！我跟着叹息起来。

谁叫他平时为人轻狂得罪不少同道中人；谁叫他喜欢轧闹猛，有事没事地跑文庙去看人家“哭庙”，结果牵连入案；谁叫他评点批改《西厢记》还实话实说，伸张人性情欲，诘问儒家伦理；谁叫他把好端端“金若采”的名字改成了“金人瑞”，还“字圣叹”……

一语成谶，终成一声叹息。

三

中国的知识分子很奇怪，仕途得意了，皇帝是天，受了委屈呢，就找孔老夫子哭诉，哪怕只是个牌位。不受朝廷重视，便去“采菊东篱下”，一道圣旨招人，有幸被想起，又乐得“仰天大笑出门去，我辈岂是蓬蒿人”……

说白了也不奇怪，学而优则仕，没有人说“学而优则种地”，或者“学而优做和尚去”的。金圣叹信佛，唐伯虎晚年也信佛，可二者的潦倒是真的，轻狂与放浪也都是因为仕途的无望。

金圣叹不是没有过机会。顺治十七年（1660）正月，他的朋友邵点从北京回来，告诉他，顺治皇帝读到他的文章时说：“此是古文高手，莫以时文眼看他。”听到这番转述，金圣叹遏制不住内心的激动，向北方望空而拜，涕泪纵横。他仿佛看到了一扇通往仕途的大门已经敞开，贾谊、司马相如、韩愈、苏轼就在前头走着……可是，顺治皇帝突然驾崩，他的希望被击得粉碎。

四

“学成文武艺，货卖帝王家”，既然无法入仕为官，不妨将一身才学换成花花绿绿的银子使，这是金圣叹比唐伯虎豁达的地方。苏州人擅长读书，但赚钱本事也不小。明代中叶开始，苏州的工商业就是全国一等一的繁荣。唐伯虎家虽然曾经开酒店，但他更好写字作画，除了卖画换大米外，到底不会赚钱。但金圣叹聪明，他可以把才子文章评个倒转乾坤，也可以凭借才华让金钱流进自己的腰包。当然，他也乐善好施，幽默豁达，尽管道德家看不惯他。

唐伯虎的仕途梦想早早地就以囹圄之灾告终了，而金圣叹的入仕态度却一直暧昧着，不想先期飞来的不是京城的请柬，却是杀身之祸。

假如他不死，他是否还有机会？这个假设其实也没有实际的意义。苏州人会读书，也会过日子，却不会做官，这是千真万确的事。

五

自古至今，名人的悲哀莫过于被世人娱乐。

从石家湾出来，不知为什么，我心里突然冒出“红颜薄命”四个字来，倒不是因为金圣叹有“断袖之癖”的传闻而把他看作女人，实在是感觉他也是水做的骨肉。有才情的女子时常被用来娱乐，金圣叹作为堂堂七尺男儿，竟也不能幸免。

右拐上桥，我不由得又看了一眼过街楼。此时，一条保洁船正橹桨咿呀地从楼下的河里穿过。

近看，其实一点也不好看。如同历史本身。

一些似有似无的气息，混杂在烟火气浓重的饺子香里。但屋外墙上谢孝思写的“飞虹小筑”，书法绝对是俊逸秀美的。金圣叹，真的在这里度过了他一生的最后时光吗？我真的不知道，所有这些流动在时间里的感慨，到底是否还属于凝固的历史。

很多问题，永远都不会有答案的。但我知道，将崔莺莺的结局从大团圆的幻想还原成悲剧，只有金圣叹敢于一笔勾画下去。

裂帛一声，撕开这残酷的真实。

补　记

古城区车子不太好停，我坐地铁去石家湾。从乐桥地铁站出来，向南走一小段就到了。本以为会有些变化，其实没有，饺子馆还是那个饺子馆，图书馆还是那个图书馆。石家湾，在城市建设巨大的扬尘中处变不惊。这倒是金圣叹的风格！

李根源苏州十年

以前，我一直只把藏书与喷香的羊肉汤联想在一起，直到有一天母亲偶然跟我讲起了李根源与小王山的故事。

“三七年，日本人打到苏州来哉，那辰光（吴方言，指时候）我五岁。我大伯父那时跟着李根源先生做事，所以伲（吴方言，指我们）一家门跟着李先生躲进了藏书小王山李先生的家。”

一

那天，我和摄影师找到小王山的时候，天色已近黄昏。车到山前，静谧的林中忽然卷起风来，树叶便哗啦啦一阵作响，抬眼看时，看到的恰好是山坡上松柏间李根源夫妇的合葬墓。

人们常说叶落归根，我不知道为什么，生于云南长于云南的李根源却要把长眠之地选在苏州，和他的母亲、妻子一起。也许，人生有些华彩的段落是可以代表一生的，对李根源来说，他在苏州的十年就是这样的一段人生吧！

墓地往东，就是当年李根源心中自诩的“小隆中”——阙茔村舍，现在是李根源纪念堂。

远远望过去，掩映丛林的阙茔村舍虽然有些清冷，却不孤傲。一抹夕阳，将门前李根源手植的一排大树拉出长长的投影。

在这里，他与张一麐一起成立善人桥新村，办教育、开医院、兴水利、筑路桥……一个自己规划设计的理想村落渐成雏形。

听见我们的脚步，村舍对面一间简陋小屋里走出一位手握钥匙的乡村老人，他说自己是纪念堂的守门人。

李根源的结发妻子姓马，二人从云南老家腾冲夫唱妇随来到苏州。他们虽没有汤国梨与章太炎那样的浪漫佳话留给后代，但天性善良和贤淑的马夫人也给小王山的百姓留下了深刻印象。

当年，马夫人的弟弟、弟媳跟着姐姐、姐夫从云南到了苏州，住进了十全街的阙园。马夫人的小侄女马翠英就出生在那里。后来，翠英姑娘跟着长辈也住到了小王山，在人杰地灵的小王山长大，爱上了土生土长的小伙子王根生。再后来，翠英姑娘就成了小王山的新媳妇。

王根生就是眼前这位八十岁的守门人。他用他手里的钥匙，为我们打开了那扇历史的大门。

李根源在小王山的十年，造就了一座中国近现代名人书法艺术的露天博物馆。那些镌刻在山中各处岩石上的书法作品，留下了章太炎、于右任、黎元洪、郑孝胥、章士钊、沈钧儒、张继、蔡锷、李烈钧、张一麐、吴昌硕、张大千等一众民国大师令人叹为观止的杰作。

然而，这十年政局动荡。对李根源来说，男儿胸中的理想抱负无时无刻不在激烈跃动。于是，在阙茔村舍的厢房里，李根源度过了无数个不眠之夜，虽然是坐而论道，胸中却满溢着家国情怀。与张一麐一起，两个命运相似、志趣相投的老人，共同跋涉于仕隐两难的精神苦旅。

二

李根源对苏州，该是早就一见钟情了。还在从政的时候，他便选址十全街，为他母亲建造了一座中西合璧的私宅，并取母亲的姓氏把私宅命名为“阙园”。这位在云南与蔡锷、李烈钧齐名的将军当年把朱德领进了革命的大门。而后，风云变幻，从政坛隐退的他在苏州开始了寓公生涯。

阙园如今早已不在了，只留下一座当年的小洋楼，混迹于苏州饭店的库房之间。听饭店传达室的师傅说，那楼不知几时起就有了个“将军楼”的名字。

将军一生叱咤风云，早年在日本加入同盟会，在云南发动新军响应武昌起义、参加二次革命、护法运动……半世的戎马生涯，搁浅于北洋政府。他在人生理想遭受现实的重创后，选择了山清水秀的苏州定居“疗伤”。苏州的史册上，也就多了一个文韬武略的英才。

正式到苏州时，李根源刚满四十六岁，正值一个男人的事业巅峰期。可是，他放弃了那些看起来就只属于达官显贵的荣耀，如同一叶扁舟，漂入了吴中的山水间。

我一时没有能找到李根源的那本记录游历足迹的《吴郡西山访古记》，但在很多关于他的资料中发现，当时的他，醉心于山水自然与人文风物，全然忘却了世事的纷扰。后来，母亲去世，他就干脆搬进了安葬母亲的小王山居住。一方面守孝，一方面专注经营起自己的世外桃源。

二十世纪三十年代初，洛阳盗墓成风，大批墓志出土，谙熟古代墓葬文化的李根源专门跑去洛阳，用两千银圆，拉了一车石头回来，藏于阙园的曲石精庐。这十吨唐代墓志后来在日军攻陷苏州城前夕，被运送到小王山，沉在了山下关帝庙前的水池里。

三

树欲静而风不止。

卢沟桥事变发生后，李根源再也按捺不住一腔报国热忱，“抗日战争的枪声已打响，不是悠游林下的时候了。”他对儿子如是说。

他立即挥毫写了一封长信给冯玉祥将军，建议开发军事物质资源，做长期战争的准备。几天后，冯玉祥回信，表示将转致国民党当局考虑采纳。

“八一三”的硝烟漫过小王山松海林园的森森青树，漫过李根源灯下案头的文房四宝，将十年中这里冠盖云集的风雅扫荡一空。

8月15日，李根源从真如前线劳军归来，在观前街遭遇日机空袭。回到家后，他安慰受到惊吓的家人说：“我曾出生入死于千军万马之中，现在这些算不了什么。”

后来，苏州沦陷。李根源终于不得不撩起袍角，踏出阙茔村舍的门槛，告别“花容失色”的苏州山水。此一走，倏忽就过去了近三十年的光阴。1965年，李根源病逝于北京，遵照他的遗愿，人们将他归葬小王山，枕着那百余条摩崖石刻，续接前尘旧梦。

这是灵魂真正的安息。

四

位于苏州十全街的李根源故居如今成了普通民房，沿街开着小店。

我曾无数次路过十全街，也许因为太熟，反倒对一路风景都不以为然。而那一次，偶然间起了念头，想亲近这条街，于是我站定了，仔细地看路口的那块古街巷标志牌。李根源的名字，就在这块标志牌上，与沈德潜、彭定球、叶圣陶等一起，构成了千年老街繁华中的沧桑记忆。

李根源对于苏州，或者说，苏州之于李根源，或许都不只是那一段仅仅十年的历史。

苏州真的是一个非常具有包容性的城市，凡是自己喜爱或景仰的人或事，她一概都视如己出。也许，苏州有足够的自信吧，厚积的文化仿佛有着超强的吸附与溶解能力，自然就不必排外。并且在溶解的过程中，苏州从不讳言那些名家的来路。那些原本不是苏州人的苏州名人，到最后就真的成了苏州密不可分的一部分。

苏州的魅力，不止于一方水土养一方人，更是一方水土纳八方俊杰。

苏州为此骄傲。

补 记

李根源纪念堂建成于2004年7月，2011年左右做了较大规模的修葺和扩建，并依据徐悲鸿大师的画作塑造了李根源先生石像——石像高6.5米。倘使先生得见今日的小王山，应拍手感喟小隆中的复兴吧。

2019年7月，来自李根源先生祖籍云南腾冲的制片人李根志找到我，为他的纪录片《李根源》寻访故人。在十全街的李根源故居，我见到了王根生老人的女儿王福珠，他们兄妹几人接替去世的父亲，依然守护着小王山，守护着先贤留下的精神家业。

一片冰心

初秋的一个午后，我在景德路上寻找苏州刺绣博物馆。

然而我真正要找的，是百年前一个叫作沈寿的传奇女子。

最后，我在博物馆找到的，其实是沈寿作品的仿制品。隔着玻璃，我的视线停留在丝线上，似乎感到它的细腻润滑。刺绣，是女子特有的温婉的表达方式，相信即使相隔百年千年，也同样可以让制作者和观赏者完成心灵之间的对话……

一

沈寿的“寿”是慈禧亲笔写了赐给她的，她原来的闺名叫沈雪君。改名字的那一年，雪君三十岁，因为她的两幅祝寿的绣品让老佛爷爱不释手，沈寿生命中一个重要转折就此发生。

雪君的丈夫余觉是一个精明的浙江举人，时年三十六岁。将刺绣精品送进宫里孝敬太后的举措，正是这位绍兴才子人生的一大赌注。果然，夫妇俩婚后十年的“画绣相辅”获得了最理想的成果，在沈寿得到老佛爷亲赐的这个“寿”字的同时，余觉也捧回了一个“福”字。

“福寿”二字是余觉的得意之作，即使后来他们的人生发生许多无常的变故，余觉还是将它视作心中的光辉。晚年的余觉，在石湖湖畔闲居，将“福寿堂”的匾额挂在了堂屋的正中央。此时，妻子沈寿的香冢，却已经在南通郊外濠河岸边长满了绿草。

石湖余庄现在改名叫作“渔庄”，在越城桥堍的农宅间寥落着。也许知道的人并不多，我去造访的时候，守门人眼中竟流露出狐疑和惊喜。

看屋子的老农大概早已习惯了寂寞，守着自己的收音机，听着评弹，任我在院里院外东张西望。

临湖的院子里，有三棵粗大且枝叶茂盛的香樟，该是当年的主人手植的吧？树下建一凉亭，白发苍苍的绍兴才子余觉在树下小酌，在凉亭休憩……他会不会在午后的梦里重回少年夫妻形影相伴的时光呢？那个名满天下的“绣圣”，那个桃李芬芳的“针神”，曾经是杏花春雨里的小娇妻啊！

二

雪君原是一个出色的绣娘，在一个古董商的家里长大。二十岁的时候，雪君做了画家余觉的新娘。此后，一个以笔代针，一个以针代笔，最终竟让一个闺阁的少妇成了朝廷重用的刺绣总教习。

三十多岁的沈寿创作了中国第一幅人物肖像绣。她引入西方油画技艺，创制了仿真绣法，并且创办了中国第一所公立刺绣学校，获得中国第一个国际级的刺绣大奖。对此，丈夫余觉是万分激动与自豪的，因为“余无妻虽智弗显，妻无余虽美弗彰”。

尽管如此，余觉的头衔还是成了“沈寿的丈夫”，这让幕后英雄余觉心有不甘。

其实，沈寿的心一直是安静的。在和丈夫一起赴日本考察回国后，她急于要做的事，是将自己的绣艺传授给更多的绣女。她的授艺也包含着她对刺绣艺术的全新思考。这种思考，已经远远超出了刺绣原有的价值和意义。

于是，在苏州马医科的绣园——同立绣校诞生了。

一百年光阴倏忽而逝，如今的绣园大概也已几番易主。

绣园庭院深深，出了园子，只走几步，便是繁华的人民路街市，车水马龙热闹气氛便冲淡了绣园的那份清闲。

正如雪君的人生道路，只几步，便是海阔天空，只几步，又是风起云涌。

三

在北京，皇家绣校随着清王朝的结束而夭折，沈寿夫妇转而到了天津，边教学，边经商。他们的产品在当时风靡天津劝业场。

这时，中国最后的状元郎张謇的相邀打动了沈寿。此后八年，虽然不是沈寿一生最辉煌的岁月，但对于一个女人来说，却是生命中最华彩的乐章，也是难舍的一段永恒。

早几年，在清政府举办的唯一的“南洋劝业会”上，张謇与沈寿不期而遇。

无心官场乌纱的张謇，在自己的家乡南通办实业，办教育。就在南通女工传习所挂牌的那天，体弱多病的沈寿挑起了传习所所长这副重担，张謇心中的感激难以言表。

南通濠河的北岸有一条林荫小道，柳荫深处，青砖小瓦、红漆门窗的小楼见证了一个动人的故事。

似乎南通人对沈寿的感情更甚于苏州人，在南通，有纪念沈寿的艺术馆，有张謇故居中关于“谦亭”的爱情传说，更有张謇手书的沈寿墓碑。如果说，故事已在岁月的长河中模糊成了虚幻的美丽，那么，那留在异乡的灵魂呢？是否也留下了一个永远的谜？

爱情是什么？我想，这或许是雪君一生最终的感慨。曾经的相濡以沫，是和余觉二十年的婚姻生活。不能说他们不恩爱，但雪君的不孕、余觉的纳妾，终于使他们的婚姻走到了名存实亡的境地。同时，雪君也在不知不觉间被张謇视作人生中可遇不可求的红颜知己。

沈寿在南通的八年，张謇爱得炽热而投入，为了这一段柏拉图式的爱情，他不惜牺牲自己的名誉，不仅卷入一场大报、小报大肆炒作的“桃色新闻”，更要面对余觉的唾骂、指责（余觉指责张謇对沈寿“生前软禁，死后霸葬”）。沈寿虽然表达过“本心自有主，不随风东西”，但终究无法抗拒张謇的一片真情，抱病用自己的青丝绣成张謇书写的“谦亭”二字，以示回报。

沈寿的早逝，令张謇痛不欲生，他捧着沈寿病中口述、自己一字一句记录整理的《雪宧绣谱》，泪如雨下。

雪君留在了南通，没有回到她的故乡苏州，那是她的遗愿。想来，她是要留在她一生最被牵念、最被关怀的日子里……

一个优秀的女人，两个优秀的男人。

或许，爱情是沈寿一生唯一没有理清的一团丝线，“剪不断，理还乱”。

补　记

2004年后至今，我还去过一次渔庄，约莫是在2011年。石湖景区近年变化很大，增添了不少景点，交通便捷了，旅游体验也好了很多。只是总觉得少了些什么，也许是野趣，也许是那种对于历史谜面的探究欲——对历史，似乎越迂回曲折便越美妙，太过直接清晰了，反倒越觉乏味。

就在前几天，我和大学同学一起去了石湖，想了想决定不去渔庄了。我真的，不太喜欢景区开发这种事儿。

庙堂巷的杨家女人

踩着养育巷微微凹凸的人行道板，记忆里除了古老的巷名，对这里的印象已经只剩下一片空白。下了好多天的雨，初晴的空气里似乎飘着花香。过了瓣莲巷口，再几步便望见又一处岔路，在那里转个弯，就是我要找的庙堂巷了。

八十年前，杨家的女儿从清华读完研究生回来，大律师杨荫杭走到巷口去接。女儿嗔怪父亲劳师动众，她哪里懂得，女儿即将出嫁并随夫留洋，对于一个父亲来说意味着什么……

苏州的小巷，只一步就可以走向世界，很多人从这里走出去，很多人又从外面的世界踏进来。

苏州的人和事，好像从来都不只是苏州的。

一

不知道青年钱锺书第一次踏进庙堂巷10号杨家的大门时是怎样的心情，反正我是有些忐忑不安的，大抵是心里揣了许多期待又害怕落空吧。

见大门敞开着，喊了两声没有人应，我便试着往里走。左手边有一扇木门，很强烈的阳光从门缝里生生地挤进来，在黑黢黢的备弄拐角画了几道线。木门锁着，透过门缝向里张望，依稀可辨里头有假山，也有很高很茂密的大树，看样子，倒有些像杨绛写的有大柏树的院子——当年，她和两个弟弟在院子里边乘凉边听门房赵佩荣讲自己的“英雄”故事。

“你找谁？”一个男人的声音蓦地冒了出来。我这才发现旁边一间昏暗的屋子里竟有着男男女女好几个人。

“这里以前是杨家吗？”

“勿晓得，伲住了廿几年哉，不曾听说过。”

“就是钱锺书的夫人杨绛的娘家，您知道吗？”

“哦，倷啊是说写《围城》的那个？”里间又走出来一个中年男子。

“对对。”

“可能是的，也有人来问过。不过我们都勿清楚。”

前前后后找了一圈，不见张謇题匾的“安徐堂”，杨荫榆让侄子们脱了鞋才可进入的“旱船”，也根本没有踪影。别说这些细节了，就连苏州有名的“一文厅”大致该是一座如何布局的老宅，都无从寻起了。还是在那中年男子的指点下，我沿着备弄发现了好几扇用砖头砌起来堵断了的门，和苏州园林常见的那种花窗的痕迹。

半个多世纪的岁月，已如一块橡皮，将那些在杨绛文字里无比鲜活的属于杨家的记忆擦得几乎无迹可寻。或许在那些毫无章法搭建出来的简易房间周围，还依稀留下了点什么，但即使分辨出来，也都没有了原本的意义。

我有些怅然，回去后接着翻杨绛的书，却偶然发现这样一段文字："最近有个亲戚偶来看我，说他去看了我们苏州的房子（我们已献给公家），现在里面住了五十来户。我大为惊诧，因为许多小破房子全都拆了，哪来那么多房间呢？不过小房子既能拆掉，也能一间间再搭上。一条宽走廊就能隔成几间房呢。许多小户合成一个大宅，一个大宅又分成许多小户，也是'分久必合、合久必分'的'天下大势'。"

二

据说庙堂巷里还有个很漂亮的清代小园子，叫作畅园，于是，我寻了一位骑脚踏车经过这里的阿姨打听。

"阿姨，畅园在几号？"

"前面，在古建公司里面。"

她说话带着些北方的口音。

我忽地想到，杨家也是迁来苏州的，他们原是无锡人，住过杭州、上海和北京。最终选择定居苏州，则是杨荫杭厌倦官场的一次胜利大逃遁。

杨绛的母亲唐须荽在上海读书时与杨绛的三姑母杨荫榆，以及后来嫁给章太炎的汤国梨是同班同学。尽管她后来也羡慕过小姑杨荫榆在事业上的作为，但每每与旁人叹息小姑遭遇时，都会念叨一句"她其实是贤妻良母"。唐须荽总是忙碌的，为家人忙碌，忙并快乐着。夫妻如同朋友，她的床头有丈夫为她买的大字抄本八十回《石头记》，每晚临睡看看。平等的爱情和婚姻给了这个女人最平和的幸福心态。在杨绛和钱锺书一生相濡以沫的爱情里，谁能说没有她父母爱情的影子呢？

杨绛选择清华似乎就是为了选择钱锺书而去的，在做出跟随夫君留洋的决定之后，她等不及毕业便提前离开了清华回乡完婚。今天的我们对此可能感到不可思议，然而，这位事业上已经成就卓著的老人骄傲地以自己完美的爱情和婚姻证明了一切。在她静默恬淡的文章里，曾经的绚烂最后归于平淡，而平淡背后，是洞彻人生的旷达和高远，同样也包括爱情。

三

离开庙堂巷是慕名看了畅园之后。说实话，这园子是保存得近乎完美的一处古建筑，与周围天衣无缝地衔接成一体。不知是不是太完美的缘故，我觉得它就缺少了被时空落差雕饰的美感。

人真是奇怪的动物，常常因为缺憾而感动，再因为欣赏缺憾而悄悄去享受平复感动的过程。

畅园就这样被我忽略了。

我还是牵挂着杨家女人的故事。

虽然杨绛与钱锺书门当户对的婚姻是一次皆大欢喜，但她的三姑母杨荫榆“门当户对”的婚姻却是一场灾难：新娘几次逃离夫家，傻子丈夫的母亲穷追不舍，只为续接香火。好在终于还是了断了这门姻亲，十八岁的杨荫榆抛弃婚姻后便决不再回头。在兄长杨荫杭的庇护下，她开始了求学自立的新女性的人生。

这是一次至关重要的改变，为她自身命运的成功反叛提供了最大的底气。此后的杨荫榆一心投身社会，力图有所作为的自信也根源于此。多年后，在“北京女师大风波”中受挫的她回到苏州，寄居在兄嫂的檐下，在她心里，哥哥的家也就是自己的家。虽然她凭着学贯中西的魅力获得了社会的尊重，但在侄子侄女们眼中，被唤作“三伯伯”的三姑母到底还是个性情乖僻的“老姑婆”。

杨荫榆希望自己像一个男人那样活，也确实这样去做了，她的一生，包括最后惨死在日本人的枪下，丝毫不逊色于须眉男儿。但终究，她还是一个女人，因为缺失爱情而少了做女人的美丽，多了令后人扼腕的哀愁。

忽然就想起张爱玲在送给胡兰成的照片后写的一段话：遇见他，她变得很低很低，低到尘埃里。然而，她的内心充满了欢喜，从尘埃里开出花来。

补　记

庙堂巷10号的大门上方如今已经贴上了控保建筑的蓝色牌子，并介绍说这里是医师范氏的宅园。进得大门，有着天窗的狭窄备弄还在，依旧曲曲折折通往德寿坊。德寿坊7号是辛亥革命元老沈瓞民故居。再往前走，就到了富郎中巷。

其实每一次走访古巷老宅都是一次有趣的探险。我小时候就喜欢这样的游戏，从前门进去，弯弯绕绕，后门出来，就是另一番天地，这样的探索与发现，即便还达不到“月迷津渡，雾失楼台”的美学意境，至少有着“曲径通幽，柳暗花明”的感官体验吧。所以，我深深迷恋着苏州的小巷，以及在小巷里尘封着的那些陈年往事。

忘却的纪念

司前街文化市场大楼旁，有一条巷子，叫作西善长巷。走进后，只几步，就可以看到一堵高墙。晚清时期，朝廷在这里设臬司(江苏按察使)监狱、司狱司署；到民国年间，这里就成了江苏高等法院看守所所在。于是，旁边那条街被人们称为“司前街”。1949年后，这座米字形的牢房成了苏州公安局看守所，直到1997年看守所搬迁。

“司前街”关过很多名人。史良在这堵高墙内与国民党当局斗争了七个月之久；汉奸陈公博、陈璧君从这扇大门出去，被押向审判的法庭。

“史良是谁？”

我在键盘上敲“史良”这两个字的时候，上小学二年级的女儿问我。于是我就输入这两个字上网搜索。

一

1936年岁末，上海。

辞旧的钟声就要敲响，而迎新的曙光却在层层阴霾下无力冲破黑夜。上海爱文义路路口，时任全国各界救国会中央执行委员的女领袖，为了嘲弄国民党当局，在一张悬赏五万元通缉她的招贴下拍照存念。这位勇敢的女性就是史良——中华人民共和国第一任司法部部长。

最终史良还是被掳走了，被关押在苏州司前街——当时的江苏高等法院看守所。

司前街的得名看字面意思就知道了。如果从文化市场的楼顶上俯瞰，一座米字形砖木结构的旧建筑至今仍清晰呈现在眼前，只不过，它破败潦倒于瓦砾之间，早已失去了当年的森严与肃杀。据说，它的设计者贝季眉是晚清时期贝氏家族的一个秀才，仔细算起来，大名鼎鼎的世界建筑大师贝聿铭还是贝季眉的堂侄孙呢。

历史的底色是可以逐渐被光阴冲淡的，但人们在忘却的同时，恰恰更需要为正在消逝的历史留一些纪念。我奔走于这个城市，寻找它曾经发生的故事和故事里的人，初衷就是这个，但常常因为记忆被刷新，我的心会在这个熟悉的城市迷路。就像现在，黑色的高墙、绿衣的军警，都不复是当年“司前街”面貌，而熙攘的文化市场里，刚刚放寒假的孩子成群地进进出出着。忽然想起小时候大人的恐吓：“不要做坏事。做了坏事会被关到‘司前街’去。”

二

那一年史良三十六岁，已是上海滩上颇有名气的律师了，也是“七君子”中唯一的女性。

1937年的8月，史良终于获得了自由。她换上心爱的绸缎连衣裙，精神抖擞地走出“司前街”，与关在另一处的六位男“君子”会合，一路高唱着《义勇军进行曲》，在欢呼声和爆竹声中庆祝斗争的胜利。

那夜，国货公司三楼觥筹交错，欢声笑语不断；那夜，苏州古城繁星闪烁……

史良的微笑是亲切而迷人的：嘴角的弧度如弯月般，眉宇间透出十二分的淡定与从容。就是这样一张温良、达观的面庞，在血雨腥风中坚韧不拔地笑到了最后，定格成一个崭新的社会制度下的绝代风华。

曾经见过史良的人大多都忘不了她的美丽，不是电影明星般的明艳动人，而是精致得体的装扮与我行我素间自信的气质。史良的身边从来不乏崇拜她的女性粉丝。她们羡慕她将飘逸的香云纱这种似乎只适合做旗袍的衣料做成“布拉吉”，还穿着它去司法部上班；羡慕她一袭白色哔叽西服套裙，配白色麂皮高跟凉鞋，宛若下凡的月下仙子；羡慕她保持了一辈子的优雅，哪怕在人生最低谷时也不显出狼狈。

女人打扮自己是天性使然，但在那个时代能够保有这样的天性，勇气实在不一般。

许多年之后，改革开放，很多中国人都富裕了。八十多岁的史良，也安详地闭上了双眼。她的遗产只有那些生前佩戴过的漂亮首饰，但经过珠宝行鉴定后发现，她所有的戒指、胸针、耳环、项链加在一起，也就值三千块钱。

珠宝行的鉴定者，并不知道这些假首饰的所有者，曾担任过全国人大常委会副委员长、司法部部长、中国民主同盟主席、全国妇联副主席。更不了解半个世纪前，这些首饰的女主人，为了一个理想社会的实现，在铁窗下度过的岁月。

三

可是，我很想知道，一个充满理想的生命在失去自由的时空里，是如何让自己的精神获得飞翔的？

司前街给不了我想要的答案。在那堆碎砖瓦砾间，见证风雨的米字形牢房已经羸弱不堪了，在几幢簇新大楼的包围下，它如一个垂垂暮年、贫病交加的人，教人心生怜悯。

谁能知道，那些钉满铁条的窗户，哪一扇是史良曾经倚靠着望月的呢？

我猜想不了的，还有史良铁窗下最刻骨铭心的思念。谁是她最牵念的人？谁是她最不舍的爱？如果生命就在这里画上句号，谁能在最后一刻唤起她心中最汹涌的波澜？

是她的爱人吗？

1966年冬天，史良被造反派批斗。造反派把史良当年写给爱人的情书拿出来当材料宣读，史良直起腰回答三个字：“我爱他。”

这三个字，如地下的岩浆，埋藏得太深太久，一旦喷发，令听者猝不及防。在那个谈爱色变的年代，这三个字，在刹那间有着一剑封喉的神奇力量。

尽管后来她有了一个体贴入微的丈夫，但我相信，温暖的人生中，总有一页是留给缺憾的。史良的爱情失败过，但她的勇敢，却让她的人生更加丰满。

从司前街寻访回来后，我又上网搜索了一次。有一篇关于史良的帖子写道：“偶然在《读者文摘》上看到关于她的文章，说这个女子极其爱美，打扮是最讲究的，一条毛巾只用两周；是‘七君子’之一，后为司法部部长。这两者我无论如何不能联系到一起去，我本来就是对爱打扮的女子有偏见的，这下彻底混乱了，两种行为怎么能归结于一人；‘文革’的时候，被逼去批斗自己的好友；写给旧情人的信被拿出来作为证据问是什么关系，回答说我爱他。这样的女子！不知道该说什么了，只有敬佩和仰慕。”

有跟帖的，内容就只有三个字：“不认识！”

纪念是为了忘却，忘却可能亦是最好的纪念。

补　记

司前街看守所旧址如今是苏州警察博物馆。

吴门烟水

五百一十年前一个初秋日，八十三岁高龄的书画大家沈周卧病于有竹居，听闻老友王鏊从京城卸任返苏，他长长舒了一口气，感慨道："勇退归来说宰公，此机超出万人中。"

正德年间的朝堂上，宦官擅权，忠良蒙难。沈周为此一直担心着，倘若王鏊不能及时抽身隐退，安能避开祸事，平安归来？

此时的沈周，已经走到了人生尽头。有竹居的窗前，没有案牍劳形，尽是田园牧歌。病榻之上，沈周回想自己终生不仕换来的一辈子安闲自适，了无遗憾地闭上了眼睛。

沈周的一生，堪称最苏州的人生。

苏东坡有诗云："宁可食无肉，不可居无竹。"想来，将自己的"工作室"取名"有竹居"，是沈周一点小小的得意。相比后来唐寅的桃花坞、文徵明的停云馆，有竹居地处苏州以北的远郊，真的是很偏僻的所在。虽如此，舟车劳顿赶来这里拜会沈周的文友们却从来不曾少过。

一

我从星湖街一路向北，驰上澄林路，沿着修长的“美人腿”前行，大约半小时车程就到达了相城区的阳澄湖镇。

沈周的墓园就在阳澄湖镇的沈周村。紧邻墓园的是阳澄湖客运站和市民体育公园，别说有竹居当年的野趣早已荡然无存，就连普通乡村的田园景色亦被已经成型的城市风貌所取代。

墓园里几乎没人，只有两个中年村民，借着池塘边平整的石块，挥舞棒槌捣着衣裳。初春的阳光斜照进墓园，添了浓浓的暖意，竟让人有些恍惚，仿佛岁月的时针往回拨了数百年。

墓旁的修竹应是专门为他所植，是权当有竹居还在吧。

当年的沈家，乃吴门望族，诗礼传家。沈周曾祖父沈良琛与元四家之一的书画家王蒙是好友，其祖父、父亲也都擅长书画，家学渊源与个人禀赋造就了沈周，也造就了一个孕育在一派吴门烟水中的独特的文人画派。

如今的沈周墓园，历经数百年沧桑，早换了模样，但仍有苍柏与翠竹相环绕，更有一池洗砚的清水映照着碑亭，倒也不乏吴门笔墨的清静与逸美。

墓园是十几年前修葺过的，还立了碑，概述着战乱、盗劫、破坏等一系列际遇。墓前一侧，有亭翼然，当年王鏊为沈周所书的墓志铭镌刻于碑石上，如今竟仍依稀可辨。想来沈周对此应该是满意的，他是一个容易知足的人。

在一个科举至上的时代，读书人不去考功名是匪夷所思的，况且是在苏州这样一个状元之乡。沈周的至交吴宽就是中了状元进京做官的。吴宽中状元的时候，沈周兴高采烈地为他写诗庆贺，但是，沈周自己却始终不染指科举。他是有考试恐惧症吗？非也。少年时的沈周就曾在户部侍郎面前无意显露了诗才，被赞为“当代王勃”，不到三十，就被地方官举荐出仕，但他婉言谢绝了。沈周不仅不想当官，连考个秀才、举人傍身，都不在他的人生规划中。

在沈周七十六岁高龄的时候，仍有高官痛惜这样的人才隐逸乡野，请他出山。沈周无奈，以堂上老母为由，声称父母在不远游——他得守着九十几岁的老妈。

我们知道，古人的隐逸，多是不得志而为之，身处江湖而心系庙堂者无数。但沈周是真的不想当官，不是孤高自诩，也绝非待价而沽，他只是一个特别清醒的人，清醒地知道自己要什么，喜欢什么，适合什么，所以他可以无视所谓正统的价值观，清醒地走自己的路。

沈周小时候，父亲曾任当地粮长，颇受当时苏州巡抚周忱和知府况锺的礼遇。二十九岁时，沈周推脱不过，接任了粮长一职，做了五年方得解脱，开心地寄诗友人，称“鸿鹄逃落网”，可见他真的志不在此。

然而，在位谋政，沈周为粮长期间，也为当地百姓做了许许多多的好事。有一次水灾过后，赈灾粮米不济，沈周自掏腰包，甚至动员家中妻儿把钗环首饰都拿出来典当应急。

一个不想做官的人，却又很关心国家大事，关心民间疾苦，为天下忧，为百姓忧，为朋友忧。因此，沈周的诗和画虽师宋元，却又很接地气，自成风骨。

沈周一生穿行于山水自然，但所履之处不远，北到南京，南至杭州，爬爬洞庭西山，钻钻宜兴善卷洞，江南天地之灵秀溢于他的纸上。

这大概是典型的苏州人的性格吧。记得我三十年前高考填志愿时，班里同窗大多留在了苏州读书，选择外地的不是选上海，就是选南京，唯个别同学去往北京。至于其他省市，多半宁可复读也不轻易尝试。如今的苏州学子已全然不同，选择漂洋过海的留学的人不在少数，但他们如果学成归来，多半也是回到苏州，或者在上海工作。这一片氤氲了两千五百年的吴门烟水，终究是苏州人一生的牵绊。

古人也是如此，出仕为官的苏州人最终都会回到苏州，很多不是苏州人的文人雅士也会在苏州筑园隐居，将它作为第二故乡。

沈周更是如此。吴门烟水处处映照着他宽广丰富的内心和天真的童趣，在他信手拈来的山川草木、瓦屋茅舍、雾霭烟岚中，随处可见灵动的人间烟火。

沈周对苏州之爱，是最经典的苏州人对苏州的热爱。

二

明朝中叶，毋论朝堂还是民间，都是一个有着颇多“戏精”的时代。沈周活了八十三岁（在当时算得上长寿老人了，当然，他的母亲更加长寿，活了九十九岁，去世的时候沈周自己都已经上了八十），经历了宣德到正德六个皇帝执政，八十多年，多少世事风卷云涌，从未曾动摇过他那一枚淡泊名利的灵魂。放弃一切功名利禄，偏安一隅而潜心诗画，是沈周一生唯一的诉求。

明四家，以沈周为首。沈周比唐寅和文徵明要大四十几岁，差不多可以算爷爷辈了，即便按照他和文徵明父亲文林的朋友关系，最起码也比他们长了一辈。但是，沈周从不摆架子，对后辈晚生真诚相待。

与沈周成为忘年交的唐寅，画风亦深受沈周师杜琼的影响。文徵明是沈周的弟子，除了艺术，他在为人处世上也以沈周为楷模，最终成长为继沈周之后最是德高望重的一代吴门艺术领袖。

文徵明也淡泊名利、潜心书画。但是，他一生毕竟也为功名奔波，三年一场的乡试，他场场不落，只是屡战屡败，好在心性敦厚，并不焦躁，才在艺术之峰上愈攀愈高。到了知天命的年纪，有人举荐他进京入仕，可以绕过科举这条路，他动心了，去了京城，甚至还接了妻子同去，想来本是意欲在仕途有所作为的。谁知仅仅在官场混迹三年，便无法忍耐，辞职逃回了故乡苏州。此后一直活到九十岁，文徵明都不再离开。

相比之下，唐寅的功名心或许是最重的一个了。天赋异禀、少年得志的唐解元因自负骄纵，在二十九岁那年摔了一个大跟斗，这一摔，一辈子都没能再爬起来。本来是奔着夺取状元桂冠去的京城，苏州的父老乡亲也都翘首以盼，认为吴宽之后，苏州马上又要出个状元了。可是，一场横祸，唐寅冤狱蒙屈，断送了科场前程。

当然，以唐寅的性情，就算中了状元，仕途也未必亨通。如果没有那一场灾难，朝堂上也不过多了一个苏州来的才子文官，但烟水吴门少了唐寅，可能就缺了一朵光芒四射的艺术奇葩与一段活色生香的风流传奇。

明四家除了沈周、文徵明、唐寅之外，再有一人便是仇英。如果说，沈周和文徵明的人生上演的是年代剧，唐寅的人生上演的是狗血剧或言情剧，那么，仇英的一生无疑就是一部励志大戏。与前三者都不一样，仇英不是读书人，他出身贫寒，少年时是个漆匠，每天在壁墙上攀爬着画彩绘，后来偷偷临摹周臣的画，因画得极其相似，最终被周臣收为弟子，成为唐寅的同门师弟。仇英文化课不行，自与功名无缘，只能专攻画画，因此倒也心无旁骛。他的画真正出名，是在身后——出名须趁早这类话，也未必都对。

沈周出身名门，文徵明出身官宦之家，唐寅出身商贾家庭，仇英则来自底层。明代画坛的这四大天王，各有各的传奇。沈周的人生不及夏花绚烂，却堪比秋叶静美，生命没有极致的怒放，却幻化成一个意味深长的微笑——忽然想起最近造访吴哥窟时见到的那被称为世界奇迹的“高棉微笑”——观照内心，观照众生。

中年时的沈周，画技严谨，笔法沉着稳练，到了晚年，他的笔墨粗简豪放，雄浑天真。很多研究者热衷于寻找“细沈”与“粗沈”的分水岭，我却觉得，沈周或许一直都是“粗沈”，只是年轻时还有些顾忌，岁月经年，他愈加放开自己，放而不狂，才是沈周。

之前见一些文章称沈周为“好人”，我不敢苟同。在苏州话的语境中，“好人”即“老好人”，也是无用之人。沈周不是。

后来偶然看到一句话：“幸福的终极意义，是良好的人际关系。”

我觉得这句话用于沈周或许可以。他是有大智慧的人，对世事看得通透，通透之后却不凉薄，而是保持了最恰当的温度对待自己身边的人和事，这样的感觉，有点暖男的意思，但又不尽然，他给予人的，是最恰当距离的体贴，没有绝顶的智慧，是做不到的。

补 记

如今苏州相城区阳澄湖镇很多饭店里都有一道名菜，叫作“鸡汤碗”，相传是沈周家宴必备的一道佳肴。鸡汤碗的主打食材是清蒸鸡块，再以碎肉皮、木耳垫底，将鸡肉、蛋饺、精腿肉、火腿、走油肉、笋片、莴苣、香菇，分别切成薄片后，铺满上层，淋上一大勺鸡汤，浇个通透，然后端上蒸笼，大火蒸一刻钟即成。

沈周好友吴宽每次从京城回来探亲，都要跑去沈周家吃上一道鸡汤碗，想来这吴宽大概也是个嗜好美食的“吃货”吧。

苏世

无所谓哪个时代——更好，或者更坏——每个时代都有一个属于它的真实印记，好与不好，要看从什么样的视角出发。

有时候很害怕遗忘，很害怕有一天看不懂时代了，却又忘记了所有的曾经。

到那时候，该怎样安放自己？

苏州人的新年，从冬至开始

临近冬至，才下午四点多，天色就渐渐暗沉。没等到人们下班，华灯已初上的城市又开始了一个漫长的冬夜。

以前每每这个时节，母亲望向窗外，总会念叨一句：“赶冬至哉！”

没错，白昼越来越短，黑夜越来越长，像极了一辆狂奔的时光列车，正以一种神秘的速度赶向未来。这种赶冬至的节奏，伴随着冬夜刺骨的寒风，仿佛一年到头的疲惫，正在抵达一个颇具象征意义的终点。

冬至未来莫道寒

12月22日，冬至这天，太阳直射地面的位置到达一年的最南端，几乎直射南回归线。这一天北半球得到的阳光最少，白昼最短；第二天起，白昼一日日加长，黑夜缩短，一直到半年后的夏至，太阳直射地面的位置到达一年的最北端，几乎直射北回归线，那时，北半球的白昼达到最长，然后再渐短至下一个冬至。

两千五百多年前的春秋时代，信奉天圆地方的古人用土圭观测太阳，同样测出了冬至和夏至这两个极端的日子。冬至日起，天地间阳气回升，兴作渐强，万物复苏指日可待。杜甫诗云“冬至阳生春又来”，代表了人们对春回大地的热切盼望。

事实上，苏州在冬至以前天气真还不算冷。立冬以后的苏州，让人感觉更多的是深秋的温度。及至冬至前后，天气才会“作冷”，连续降温至冰点。记忆中，冬至前后常会偶遇苏城第一场雪，映衬着家家户户热气腾腾的暖锅，增强了寒冬降临的仪式感。

连冬起九。从冬至开始，历经九九八十一天后，冬尽而春来。所以，这一天起，苏州人开始滋补御寒，吃羊肉、喝羊汤，身子弱的请大夫开了膏方调理，一直吃到开春才停下。

一九二九，伸不出手；
三九四九，冻死猫狗；
五九六九，隔河看柳；
七九河开，八九雁来；
九九寒尽，春暖花开。

三九、四九是一年中最冷的日子，老苏州们常掰着手指算，盼着快些走出这段严寒。

有趣的是，如同入秋后有“秋老虎”，开春后，苏州还有“倒春寒”的说法。所谓“春打六九头，冻死老黄牛”，即立春那日，如果适逢六九第一天，这年开春就格外冷些。一开始听母亲这么说，我是不以为然的，春寒料峭嘛，后来发现这说法还真有点准，不知这是不是一种心理作用。

不过，苏州人更笃信另外一句民谚：“干净冬至邋遢年，邋遢冬至干净年。”这种带有占卜意味的说法命中率还颇高。一旦冬至下起了雨雪，苏州人会高兴地说：好哉好哉，今年过年有个好天气哉。毕竟，过年有长假啊。

相传冬至大如年

清人顾禄在《清嘉录》一书中写道：“吴门风俗，多重冬至节，谓曰肥冬瘦年。”肥冬瘦年，就是冬至大如年的另一种说法。而事实上，冬至或许就是苏州人曾经的新年。曾经流传过这样一种说法，虽然很难考证，但故事的背景宏大，还颇有意思。传说在三千年前，中原的周族首领古公亶父有三个儿子——泰伯、仲雍和季历，其中季历的儿子姬昌天赋异禀，深得祖父喜爱。古公亶父有意传位于季历，乃及姬昌（即赫赫有名的周文王），但长幼有序，古公亶父很纠结。泰伯和仲雍明白父亲的心思，便主动提出离开周族，南下另谋生计。于是，他俩带领一批族人来到江南，建立了勾吴国，同时也带来了包括历法在内的中原文化。按照周族所使用的太阳历，勾吴以“建子之月”为岁首。农历的十一月，又称“鼠月”，是对应地支“子丑寅卯”之“子”的月份，此月排在第一。“建子之月”的节气冬至，是阴极阳生的转折，因此成为一年的开始，相当于如今农历的大年初一，或者阳历的新年元旦。

因此，冬至的的刮刮（吴方言，指的的确确）是一个重要的节日。

相传冬至大如年，贺节纷纷衣帽鲜。

毕竟勾吴风俗美，家家幼小拜尊前。

——［清］徐士鋐

冬至前夕叫作冬至夜，在苏州，它与除夕的意味相似。在全家团聚的冬至夜饭开席前，苏州人家要“过节”。“过节”其实就是祭祀祖先或逝去的长辈。旧时家家都要挂喜神像（即祖先画像），磕头祭拜祖先，隆重者历时两三个小时。现在大多数人家已不再奉行这样的祭祖，但祭祀逝去的长辈仍是家传的规矩，比如在团圆的餐桌上添上碗筷、酒杯，仿佛亲人在世时一样。

冬至拜冬如同拜年，亲友要互赠冬至盘（冬至的礼盒），虽然冬至日吃冬至团等习俗如今已淡了，“冬至馄饨夏至面”倒还尚存遗风。

我记事起数十年来，每年冬至有几件事是未曾变过的。

也许因为没有足够的时间准备饭菜，熟食成为冬至夜的抢手美食。那日，家家卤菜店门口都排起长队，陆稿荐、杜三珍……一天下来，几乎家家都卖空了。

熟食中，羊糕是必不可少的。羊糕采用了苏州独有的一种羊肉的做法：把猪肉皮熬成皮冻，与焖得烂熟的羊后腿肉煮在一起，冷却后，羊肉和猪肉皮凝固成块状，再切片装盘。

冬至夜席，冷盘热炒、暖锅羊糕，这些都不算主角，主角永远是冬夜中的白月光，那一杯木樨香绕的玉液琼浆——一年一度一相见之冬酿酒。

金屑醅浓吴米酿

一千两百年前十月的一天，大诗人刘禹锡来到苏州，出任苏州刺史，而在此的五年之前，他的好友白居易正是从这个位置上卸任的，也是十月，是苏州人家酿酒的日子。刘禹锡懂得白居易，于是他将吴地最好的糯米寄给了三千里外的好友。白居易用吴米酿得好酒，醉酒当歌，恍惚间又回到了苏州城。

柳枝谩蹋试双袖，桑落初香尝一杯。
金屑醅浓吴米酿，银泥衫稳越娃裁。
舞时已觉愁眉展，醉后仍教笑口开。
惭愧故人怜寂寞，三千里外寄欢来。
——[唐]白居易

“金屑醅浓”，四字形神兼备，说的不正是苏州人心尖上的桂花冬酿酒吗？且不管它是不是我们冬至夜的那一口最爱，这“寄欢”而来的好酒着实让我心动了。

没有酒，诗从何来？

冬酿酒是米酒，取苏州产的香糯米，加入桂花酿造。冬至夜寒，先将酒温过再喝，大概因为酒精度数很低，用杯用盅皆不过瘾，便取了白瓷碗来盛。素性温婉的苏州人在这一夜大碗喝酒，大块吃肉，岂不快哉！

这酒，极适合妇孺，因此人人皆可把酒言欢。桂香淡淡，米香绵绵，酒色呈醇厚的柠檬黄，桂花点点缀其上，暗香浮动，清甜丝丝袭来。

也莫把冬酿酒看成饮料，不胜酒力的人喝多了亦有醉意。我独爱它带来的微醺感——脸红耳赤，心下其实清醒。这种形醉而神不醉的感觉，正好是写作的最佳状态。

说来奇怪，冬至夜喝冬酿酒的，真的只有苏州，连邻近的无锡、常州以及上海都没有喝冬酿酒的习俗。苏州的冬酿酒也只在冬至前的半个月售卖，冬至夜一过，第二天就落市。

虽然现在瓶装的冬酿酒销售时间略长些，保质期也略长，但论口感、论情愫，莫若甏中的零拷冬酿酒。记得儿时，冬酿酒是母亲带着有橡胶塞的玻璃盐水瓶拷来的，后来换成了雪碧瓶，再后来瓶装酒上市了，如果懒得排队，就牺牲最好的口感来换取方便吧。

如今，排队零拷冬酿酒的壮观景象每年仍在上演。苏州本土的阿爹好婆还是主力军，另外又增加了一些立志融入苏州的新苏州人。

宫巷，元大昌门前，冬酿酒一开卖就开始排长队，每天都是一条长龙，一直到冬至夜，近三千甏零拷的冬酿酒被抢光。店家只好对没买到的客人抱歉地说，开年（明年）再来吧。

是的，一别经年，这抱憾与执着一齐被烙上了年轮的印记。毕竟，零拷的冬酿酒作为一个特殊的存在，再怎样铺张的仪式感均不为过。

有人说，冬酿酒就是古时的十月白。《吴歈》诗云："冬酿名高十月白，请看柴帚挂当檐。"其实不然，十月白虽然是入冬才酿制的"冬酿之酒"，但它是高粱酿制的酒精度数较高的白酒，与糯米酿制的冬酿酒委实没有关系。

也有人说，冬酿酒原名冬阳酒，冬酿之名是近年商家杜撰的，持这种说法的，想必不是老苏州。毕竟我的祖父母、外祖父母、父母及所有土生土长的亲眷中，从没有人把冬酿酒叫作冬阳酒（或东阳酒）的。但我觉得，冬至过后阳气上升，冬阳酒之名在古代存在过也是有可能的，毕竟在苏州民间的口语中，因果巷念成了鹦哥巷，马医科念成蚂蚁窠，乔司空巷念成乔师姑巷，宜多宾巷念成耳朵饼巷，而“天要落雨，粮要驾营”，也念成了“天要落雨，娘要嫁人”……

有人说苏州人天性胆小怯懦，又贪图安逸享乐，我不否认。然而，对于命运的眷顾、自然的恩赐，苏州人用知足来表达感恩与敬畏。对一个绵延了三千年的习俗，苏州人始终坚持初心。

所有温柔的良夜，背后都透着世情的凉薄，所以才有“朱门酒肉臭，路有冻死骨”；所有黑暗吞噬光明的时刻，人类都流露出对生命无常的惶恐，所以又有“有钿吃一夜，呒钿冻一夜”的冬至语谶，直击人心，洞穿冷暖。因此，这个节日也被赋予了悲悯的色彩。

过年是一场隆重的告别

我的童年覆盖了整个二十世纪七十年代。

二十世纪七十年代的苏州，物资虽然也是匮乏的，但比起中国的大部分城市，显然要安逸与富裕些。至少，我记忆中的年总是过得温暖而快乐的。哪怕只是旧棉袄外面着一件新做的花布罩衫，或者是一两块塞在红纸包里的压岁钱，都足以让那时的我心心念念盼望着过年。

扫年货

其实，长辈们是怕过年的。他们须提前好些天从国营菜场或粮店排长队买回凭票供应的年货，如鸡、鸭、鱼、肉、米、面、粮、油、白糖、年糕、豆制品等。有些年货，是要早上四五点钟去排队才能买到。

那时候没有冰箱，年货便都被放在竹篮里，用绳子吊起来挂在房梁下。在众多的年货中，油氽肉皮是最张扬的，打个洞，直接被吊着。现在想起来，这东西真的很好吃：泡发后的油氽肉皮与大蒜叶子一起炒，屋子里便可以香上一整天。

油渣也是好东西，用来烧烂糊白菜是难得的美味，但我最喜欢在刚炸出来的油渣上撒上一点盐直接嚼，脆香蚀骨。

最有趣味的是冻豆腐，现在当然不稀罕了，但那时，它的做法十分有趣。必得三九、四九的严寒天，把豆腐整块放在屋外窗台上，一夜彻骨的寒风将白嫩嫩的豆腐吹冻成冰块，然后用滚开的热水浇上去，褶皱里已经成冰的水瞬间融解，一块冻豆腐就做成了，“透、漏、瘦”，竟具备着苏州太湖石的品格。

做蛋饺

小年夜的下午，各单位都开始放假。母亲开始洗荠菜、包春卷，剁肉糜、搓肉圆。父亲要制熏鱼、做蛋饺，在砂锅里炖上笋干红烧肉和红烧蛋，年里可能吃不完的鱼肉事先留出来，找钵头腌上，糟鱼和糟肉一并制备妥当，便开始忙着炸或炖的菜肴了。另一个平时不用的蜂窝煤炉也点起来了。这时候，我身上的每根神经都会变得兴奋，贪婪地享受着食物烹饪时弥漫在空气中的那些香味。

准备过年食物，最需有耐心的是做蛋饺。父亲坚持自己做。他做的蛋饺只只“秀外慧中”。蛋饺皮是鸡蛋加鸭蛋混在一起打的，一定要搅拌得非常均匀，用筷子捞不起一丝丝蛋液。父亲做蛋饺的工具是一把长柄圆勺，在圆勺上放一块白花花的猪肉板油，就着过了旺火期的蜂窝煤炉，飞快地上油，旋转出蛋皮，放上用香葱、黄酒调好味道的肉糜，折叠一下，倒扣入碗。

每年做蛋饺，都是父亲小年夜的重头戏。父亲技术太好，即使稍有瑕疵，也能很快补好。他看我坚定地陪在一旁，知道我心里在想什么，于是舀一勺蛋液，专门做一张蛋皮给我，好让我吃完后心满意足地乖乖去睡。

旧习俗

苏州古老的年俗，我了解得不多。“破四旧”使其断了链，后来这些习俗回归时，祖父母、外祖父母都不在了，父亲也不在了，母亲只有将自己依稀记得的一点老规矩教给我们，但也不要求我们照做。

腊八节喝粥在我家不算一件重要的事。母亲说，其实以前主要是庙里的和尚会在那天施粥。腊八粥分甜口味的八宝粥和咸口味的菜粥，好的八宝粥才有莲心、桂圆等食材在里面。

“掸檐尘”的传统，我家倒是有所继承。但不一定非在腊月廿三、廿四那两天。年前的星期天，家里要彻底大扫除。印象里，父亲喜欢拿着鸡毛掸帚一一掸过来。而母亲呢，洗洗涮涮，将床上用品、窗帘、桌布等全都洗个遍。

苏州人的腊月廿三或廿四，是要送灶的。据说祭祀了“灶界老爷”（即灶神），来年才能家道兴旺。母亲曾说，她小时候不仅年前岁末要送灶，到了大年夜晚上，还要把“灶界老爷”再请回来。可能灶神年终也要赴天宫参加年会，开完会自然还是要回到自己的岗位的，至于带回的玉皇大帝的红包要发给谁，就看谁家的鞭炮更响，谁家的祭品更丰厚啦。

也许是“仓廪实”而“知礼节”，古时候的苏州人过年仪式感很强，年前的祭祀尤其隆重。“过年”是祭神，而“过节”是祭祖，这两样典礼同等重要。

年夜饭

按照老规矩，祭祀完毕，一家人才围坐一起开始吃年夜饭。年夜饭好吃，也许是因为它是整个春节的第一顿筵席，此后天天大鱼大肉，味道也差不多，自然是要吃腻的。

我只知道年夜饭里必定得有荸荠。煮饭的时候，一只只荸荠整个儿洗干净了埋在米粒中，饭熟了掘出来剥皮就吃，寓意为“掘元宝”；还有青菜和黄豆芽，代表安乐与如意，苏州闲话里“绿”和“乐”同音，而豆芽形似如意，因此这两道菜必不可少。

在冷盆热炒上齐后，必定还要有一只暖锅。暖锅里有蛋饺、肉丸、冬笋、咸肉、粉丝等，很热闹。其实吃到这个时候已经没什么胃口了，看着扎扎实实的一锅，真的感觉幸福就是吃“撑”出来的。

喝酒，苏州人首选的是黄酒。温热了，加姜丝，加话梅，甜润醇厚。二十世纪七十年代的苏州，葡萄酒很少，也许因为很贵，宴席上也并不多见。如果不喝黄酒，也不爱老白干，那么，有 种叫作“醇香酒”的，就是我们这一代人记忆里的“红酒”。

醇香酒很甜，度数不高，颜色深红，比葡萄酒的红还要深一些。我父母亲都很爱这种酒，请客人，或是被请吃酒水，都选择醇香酒。我家那时候有一套乳白色的小酒盅，很精美的翻边造型，深红色的醇香酒，配上精致的酒盅以及“厚嘟嘟”的甜甜味道，我每次都会趁大人不注意偷偷喝一点儿。

拜年忙

大年初一起床第一件事就是贴春联、贴福字。这一天不能扫地，也不能动刀，早餐一定要吃糖年糕和小圆子。圆子汤可以加一点酒酿，撒点桂花，或者也可以放几瓣橘子，取“吉乐”的口彩，叫“吉乐圆子”。吃完早饭，穿上新衣服，就开始拎着礼品互相上门拜年。拜年期间，在各家吃的饭菜大同小异，菜肴也基本上都是除夕前做好的，来了客人，只需把成品或半成品拿出来加热加工即可。

招待客人，除了瓜子、糖果和水果外，主人一般还会下厨做点心。点心无外乎就是糖年糕、猪油年糕，或者炸春卷，每家都差不多。我们家的春卷分荠菜肉丝馅、白菜肉丝馅和豆沙馅几种，好吃到“停不下来”，以至于几十年来我有了根深蒂固的春卷情结，不吃着春卷，好像就没有过年。

苏州人的春卷，与北方人家吃的春饼寓意应该是一样的。过年，是告别寒冬，迎接四季轮回中那个终将归来的明媚春天。

过年是一场告别。告别寒冬，告别去年的自己，告别身体的或灵魂的故乡，告别不断被遗忘的一段段生活。既然万物将在这个季节复苏，生命历经一次蜕变又重新来过，那么，何不让告别来得更隆重呢？

我们这一代，经历了中国巨变的四十年。一切都变得太快，太颠覆，可能这四十年的变化比古时候四百年的变化还剧烈得多。所以，总想记录些东西，以真实的态度记录一些真实的内容，不知道是否有价值或有意义，但多少能对抗时光对于日子的遗忘。

元宵，怎一个闹字了得？

正月里最后一场狂欢在正月十五，新开年的首个月圆之夜。

所有古老国度的故事版本中，月圆之夜总是会发生点什么，因此，关于元宵起源的说法颇多戏剧意味，或源自神话，或有关宗教……

但有一样大致相同：是夜，沸地笙歌、金鼓达旦，人际边界敞开。无论男女老少、尊卑贵贱，都会借着观灯赏月的良辰放飞自我，用今天的话说，就是活在当下。

一

既然是闹元宵，似乎再怎么出格亦不为过。苏州评弹中就有一则《王老虎抢亲》的趣事。

明朝中叶，苏州才子唐伯虎、祝枝山、文徵明与杭州才子周文宾四人同游元宵灯会，众人忽发奇想，撺掇颜值颇高的周文宾男扮女装。

人山人海的灯会中，“美女”周文宾被当地花花公子王老虎抢了回去，准备第二天与之拜堂成亲。

王老虎有个妹妹，知书达理且貌美如花。王老虎便把抢回来的准新娘送到妹妹闺房寄宿一晚。周文宾被王家小姐识破男儿身，两人相谈甚欢，于是私订终身。

第二天，祝枝山寻上门来，王老夫人为了女儿的名节，便认下了周文宾做女婿，王老虎布置的喜堂正好让给妹妹与妹夫成亲。

这个故事很有意思，没有霸凌，亦没有苦主，唯一的反派被塑造得滑稽可笑，结局欢天喜地，圆满收场。

或许，如此更符合元宵文化本身的审美取向，何况据说民间可能真的存在元宵节抢亲的习俗，而且摩肩接踵的元宵灯会本就是个光怪陆离的平行时空。

这样的时空迥异于平淡无奇的日常，充斥了许多未知的元素。但是，未知的世界又是值得冒险的，充满着机会，又新鲜又刺激，哪个青年才俊不期待？哪个怀春少女不向往呢？

唐朝诗人崔液用《上元夜》一诗坦白道：

玉漏银壶且莫催，铁关金锁彻明开。
谁家见月能闲坐？何处闻灯不看来。

是啊，一年只有这一夜，长安城内无宵禁，火树银花不夜天。

记得曾经有一部叫作《大明宫词》的电视剧震撼了二十年前的我，如今在网上翻出来重温时，我依旧抵挡不住它饱含唐诗气质的魅力。

那年灵气十足的小周迅出演少女时代的太平公主，女扮男装溜出宫去，在长安城上元节（元宵节）的狂欢夜偶遇赵文瑄出演的薛绍。

揭开面目狰狞的昆仑奴面具的瞬间，太平公主看到一张明媚干净的少年郎的笑脸，瞬间坠入爱河，从此情路坎坷，命运沧桑，真应了那句“情不知所起，一往而深”。

这是月亮惹的祸，还是元宵惹的祸呢？

二

“情不知所起，一往而深”通常发生于古代大户人家的闺阁女子身上。

杜丽娘除了自家父亲和迂腐禄蠹的私塾老先生外，根本见不到其他男子，所以梦见少年书生（柳梦梅）后爱得死去活来。在现代女性的世界观里，这真的很不可思议！

就算贵为大唐公主，太平身边也只有一群群的小太监，哪里有机会见得到薛绍那样的倜傥青年呢！

所以，古代女子如李清照，就算是幸运的，得嫁琴瑟和谐的如意郎君，过着说走就走的自由生活，时不时出门划个小船，喝个小酒，醉了写写诗词，虽然晚景有些凄凉，但毕竟曾拥有过许多古代女子一辈子都无法企及的潇洒日子。

比李清照早五十年左右出生的朱淑真就不幸多了。朱淑真与李清照一样出身官宦之家，饱读诗书，按说嫁个小吏，衣食无忧，也算是终身有所依靠了。

得到一张长期饭票是大多数古代女子的终极理想，但朱淑真并不满足。她是个才女，爱读书、写作、画画，她向往艺术的生活，需要的是一个知心爱人。但她的另一半明显不合她的口味，朱淑真与丈夫的关系并不好。

抑郁早逝的朱淑真留下一堆诗词文稿，却被父母视作祸端，悉数焚毁。

后人整理了她流传在外的诗词，编撰成《断肠诗集》和《断肠词》两册。顾名思义，直教人痛断肝肠。

朱淑真留下的诗词中，并没有这首赫赫有名的《生查子·元夕》，因为它的署名是文豪欧阳修。

去年元夜时，花市灯如昼。
月上柳梢头，人约黄昏后。
今年元夜时，月与灯依旧。
不见去年人，泪湿春衫袖。

对于《生查子·元夕》的作者究竟是欧阳修还是朱淑真，世人一直都有争议。我更相信它出自女词人的手笔。

“月上柳梢头，人约黄昏后。”在今天，这是一幅关于美好爱情的素描，但是在古代，简单的相会却会引出两种解读：于男人是一段云淡风轻的风流韵事，于女人，却是罪不可赦、放荡不贞的标签。因此，后人将这首好诗安上欧阳修的名头，并冠冕堂皇地说，这是为了以防世间女子效仿这样的行为。其实，不过是男权社会的掩耳盗铃罢了。

关于朱淑真生平的记载极少，我们无法弄清楚“去年元夜”和“今年元夜”到底发生了什么，但是，元夜月下私会的甜蜜，与一年后元夜“不见去年人”的悲伤无助，仅几个字，就足以让读者感同身受，为之落泪。

有人考证过，朱淑真与丈夫分居后，又因与情人分手“悒悒抱恨而终”，说到底，终究是一个可怜人罢了。

虽然有道貌岸然者斥责朱淑真“不贞”，如明朝杨慎，但世间毕竟也不乏懂得和欣赏的人。与杨慎同时代的苏州大画家沈周在《题朱淑真画竹》中对朱淑真的才华大为赞赏，写下“绣阁新编写断肠，更分残墨写潇湘”的句子。

朱淑真若泉下有知，会不会穿越，来到明朝的苏州呢？

三

明朝的苏州不仅有德高望重的吴门大画家沈周，还有被后人演绎了几百年的“风流才子”唐寅。

唐寅家住在阊门内吴趋坊，每年元宵夜的大型户外狂欢活动就在他家门口举办。

有灯无月不娱人，有月无灯不算春。
春到人间人似玉，灯烧月下月如银。
满街珠翠游村女，沸地笙歌赛社神。
不展芳尊开口笑，如何消得此良辰。

且看唐寅的元宵夜多么自在惬意，看看满街戴着珠翠的姑娘，听听赛过社神的歌会，一路有调龙灯的、舞狮子的，煞是闹猛，再与“狐朋狗友”竞相猜猜昧昧子（吴方言，指猜谜语），有趣的灵魂永远都比好看的皮囊更重要。

灯谜发端于南宋，是将谜面贴于碧纱灯上让人猜射的游戏，后来成为元宵必备的娱乐项目。苏州人爱猜灯谜，《清嘉录》有云：“城中有谜之处，远近辐辏，连肩挨背，夜夜汗漫。”

唐寅的忘年交王鏊编写过《姑苏志》，书里记载了品类名目繁多的苏灯。龙灯、凤灯、马灯、狮灯、莲灯、麒麟灯、兔子灯、鳌鱼灯、鹿犬灯、荷花灯、栀子灯、葡萄灯……阊门一带灯市蜿蜒十数里，元宵节前个把月就开始悬挂灯彩出售。

除了灯市，苏州还有灯社、灯宴、灯游、竞灯等活动，以至于“元夕张灯，以苏灯为最”，后来苏灯的名气越来越响亮，苏灯便与苏绣、苏丝、苏作等“MADE IN SUZHOU”的苏工艺术一样，成为宫廷爱宠。

据说正德皇帝朱厚照曾经在宫里因张灯闹元宵引起火灾，烧掉了一座宫殿。

再说苏灯的质料有无骨灯、珠子灯、罗帛灯之分，形制有桌灯、吊灯、壁灯、座灯、提灯之别。

在形形色色的灯彩中，走马灯最具巧思：灯壁用双层暗花，利用燃灯后热空气流动的原理，使灯彩外廓自行转动，各面所绘图案轮番展示，媲美西洋镜播映戏文。

苏灯的制作如今已成为国家级非物质文化遗产，其打样、扎架、糊裱、绘饰四道工序传承至今，并在不断创新发展。

如今每年正月十五前后，苏州各处仍有大大小小的元宵灯会。只是不知几时起，元宵节那一份“闹”的意趣悄悄变了味道。

看灯的人们只热衷于手机的镜头与屏幕，按下快门，完成自拍，凑成九宫格，发至朋友圈，便算完成了任务；猜灯谜也必定要有奖品才受欢迎，至于恋人约会，大抵是不会选择这种场合了。

孩子是欢喜的。但一家人出来，常常也是你刷你的微博，我看我的抖音，在这个时空里又裂变出另一个时空。

东风夜放花千树，更吹落，星如雨。宝马雕车香满路，凤箫声动，玉壶光转，一夜鱼龙舞。

蛾儿雪柳黄金缕，笑语盈盈暗香去。众里寻他千百度，蓦然回首，那人却在，灯火阑珊处。

——[南宋]辛弃疾《青玉案·元夕》

越是热闹，往往越能感觉内心的孤独。

遍寻不得，是今天都市人共同的焦虑。

人们总是寻寻觅觅，总是怅然若失，但却并不知道自己在寻找什么，这大概是所谓的都市病吧。

当物质追求成为人生目标，当泛滥的信息淹没了寻找的初衷，就算蓦然回首，你还能看到灯火阑珊处那个你要找的人吗？

孰为神仙狂

农历四月十四，一夜宿醉刚刚醒来的神仙吕洞宾披衣走出洞府，想起今天是自己在人间的生日，欣欣然举目望向江南的姑苏城。

自从在洛阳“三戏白牡丹”，吕洞宾便得了个“色仙”的诨名。虽然另外那七仙时常要拿它作喝酒时取乐的段子，吕洞宾倒也不计较。神仙也是人哪，做神仙和做人的快乐或者烦恼，又有多大区别呢？

天上一日，人间一年。沧桑世事，在他吕洞宾看来，都是过眼的云烟。阊门内下塘那座古老的神仙庙早已被一幢幢民居取代，只有门前那口刻着字的水井，依然在痴痴守望。数百年前，这里或许曾有过一个惊鸿照影的约定。

一

“轧神仙”很像小镇上摩肩接踵的赶集，遇上闷热的天气，只轧出一身臭汗来。也许我是那种天生不喜欢轧闹猛的人，所以对此实在没什么好感。母亲说，她小时候每回跟着大人去轧，回来总会有些收获，无锡泥娃娃是最大的可能，其中一种用手一拉绳子便能叫唤的“皮老虎”最得小孩子宠爱了。母亲说我也有过这种玩具，就是大人“轧神仙”轧回来的，我却真的一点印象都没有。

我记忆中的“轧神仙”只有一次，地点既不在有神仙庙的阊门内下塘，也不在如今重建的南浩街，而是在一条叫作吴趋坊的小巷。二十世纪八十年代末，由于阊门内下塘逼仄的弄堂已不堪人潮的重负，退居二线，于是靠近皋桥头的吴趋坊便受命于危难了。

其实，真正让我记住那条巷子的，倒不是因为什么“轧神仙”，据说，吴门才子唐寅就出生在吴趋坊，他的父亲唐广德还在附近开了一家小酒楼。阊门一带富庶繁华，吴趋坊临近阊门，少年才子又是如何在这样的流金岁月里挥洒青春的呢？想必，他可以拉着文徵明的手，拐进宝林寺前的艺圃吟诗作画，也可以跟着邻居张灵疯跑，迎头撞上一个秋香模样的少女，笑看佳人圆目怒睁的嗔怪。不知为什么，我一直觉得，唐寅和吕洞宾是可以义结金兰的，假如时空可以重合，桃花仙人便不会是那样寂寞潦倒地度过一生了。

谁会是那个吕洞宾呢？那个踩脱你鞋皮的莽撞汉子，还是挖脱你皮夹子的油头少年？好在我都没有碰上。只记得一路轧来轧去的，路两边就是很多小摊贩，出售花鸟虫鱼什么的，还有大量廉价的小商品，像是玩具以及女孩子喜欢的头饰之类。那次约我去逛的男孩大抵以为女孩子都喜欢这些物什吧，偏偏我另类，就像我现在也从不去“轧闹猛”买彩票一样。至于“沾上些仙气”的说法，每每我都微笑着摇头应付。

其实，我也是想邂逅吕洞宾的。不过，不是那个据说可以替人去病除灾、扮作乞丐的游医，也不是那个扮成白衣书生魅惑年轻女子的翩翩少年。

凡热闹的地方必定拥挤，拥挤的地方便少不了摩擦，有了摩擦就会有纠纷。当人们怒从心头起，突然一转念，想到眼前这个撞了自己腰的人会不会就是扮作凡人的神仙吕洞宾呢？于是，化干戈为玉帛，一笑泯恩仇也就不是什么大不了的事。这大概就是“轧神仙”的妙处了。

我想遇到的吕洞宾，就是我们愈来愈狭窄的生存空间里彼此宽厚的相逢，是人与人浮躁的心情下为对方让一步的从容。佛家讲究“心中有佛”，我想，如果心中有神仙，那轧与不轧也就无关紧要了。

二

神仙庙在阊门内下塘的中段地带，我已很多年不曾路过那里了。

从西中市过桥穿进下塘街，墙呈新刷的白与青灰，明亮得有些晃眼。庙门前比巷子其他地段要宽敞许多，地势也高。从门楼屋顶的旧椽来看，庙宇的大气自然要比一般民宅更胜一筹。墙门间里，满头银发的好婆坐在藤椅上打瞌睡，因为找不到第二个说得出历史的老人，好婆便被我生生地唤醒。

让十七岁开始就住这里的黄好婆回忆那么久远的故事确实是难为她了，八十年层层叠叠的记忆在岁月的碾子里已全部被磨成了均匀的粉末，再难筛分。她说当年的东、西、中市闹猛非常；

下塘街很窄，但是家家户户都爱养花；“轧神仙”的时候也有花市，家里的花比花农拿来卖的要更妖娆些；大姑娘、小媳妇三五成群嬉闹着到庙里烧香，男人们路上看见眉眼传情的女子，不免对她们艳冶的打扮多看上几眼，然后再撇撇嘴。

在黄好婆有些浑浊的瞳孔里，我仿佛看见了那姹紫嫣红的花市。周瘦鹃和一帮文友也在这花市里找寻自己所爱，带上一两盆好花回家的同时，也将那爱花的心思写进了千古文章。要不然，今天的我们哪里知道，那些来“轧神仙”的烟花女子，买的总是那求乞好运的“千年蒀”呢？

其实，集市总是各类故事发生的舞台。诸如，公子和小姐的意外邂逅、乞丐和公主的一见钟情、侠客遇见落难的弱女子拔刀相助、妖魔作恶被神仙降伏等。最搞笑的故事莫过于王老虎抢亲了，在人来人往的街市，想趁着拥挤占便宜的男人，可千万要吸取王老虎的深刻教训啊！

“吕洞宾三戏白牡丹”的故事倒没有“唐伯虎三笑点秋香”那样家喻户晓，但既然是神仙出马，鸡犬也一样可以升天，更何况白牡丹是个美女。但凡与美女相关的故事，最终总是被善意地流传下来。

一抬头，一回眸，恰恰四目相对，偏偏是明眸善睐，偏偏是风情万种。看多了这样的电影镜头，不由人不拍案惊奇，原来，古人喜欢的庙会、花会、灯会、堂会……为的都是一个相会啊。有了相会，才有寻找到自由与幸福的机会啊。如是观之，今天的“轧神仙”哪还能轧到当年的滋味呢？粗糙了的岂止是那些摊贩们出售的商品……

一场大火，一次浩劫，神仙庙几近灰飞烟灭。不知道什么时候，又有人在庙门进去十几公尺的空地上筑起了一只简陋的水泥香炉，仍有袅袅青烟，仍有乌赤烛台……

沿街的寻常人家，还是那么喜欢养花，门前放着，窗台上摆着……

铅华洗尽，神仙街却因为有了这些而再不会老去。

如今，“轧神仙”的地方已改在重建的南浩街了，路口处还特意塑了八仙的像，大概生怕神仙在人堆里迷了路。只是不知道神仙是否也怀旧，是否会再来庙前寻个前世的约定。

今夜还须让石湖

中秋刚过，苏州城西南的石湖变得热闹起来。八月十八这天，很多苏州人要去参加一个类似庙会的活动——欣赏“石湖串月”。母亲说，她小时候每年跟着她的奶奶去石湖看月亮，那时苏州的水道四通八达，家里总是包只小木船，一路摇到石湖。在行春桥那里，各家的船渐次靠岸，男客女眷纷纷下船，烧香的烧香，闲逛的闲逛，吃喝玩乐，一样也少不了。

一

行春桥，也叫“九环洞桥”，在石湖之北，一桥九孔，环环相连，“重级石阑，空水映发，悠悠烟水，淡淡云山”。八月十八，皎月当空，九孔桥下倒映出九个月亮来，是为“石湖串月”。

我曾经问过我母亲，到底有没有见到过石湖的九个月亮。母亲摇摇头，只说忘了。

十八岁那年，我没有考上北京的大学，心有不甘地来到上方山脚下。我的大学，就在石湖附近。这也是我第一次看见石湖，心底升起的却是“风萧萧兮易水寒”的悲壮。

那时苏州的西南郊颇为荒凉。上方山麓除了我的大学，还有一所技校，两处校舍相看不厌。那里没有商业，没有娱乐，想坐15路公交车进趟城，必须先走半小时的石子路赶到行春桥。

好在当时的我们心不大，很容易满足。上学那几年，我们几乎爬遍了附近的小山，也时常溜达到石湖边去玩，名胜古迹看了个遍不说，就是水里那一片片连缀成锦的红菱，也吃了个够。

每年九月开学的季节，正是红菱上市的时候。行春桥堍，农妇们将鲜艳欲滴的水红菱装在椭圆形的木桶里。因为有河水滋养着，红菱仍是嫩嫩的，一把掐得出水来。挑选好吃的红菱有一个妙诀儿：鲜嫩的红菱是浮在水面上的，漂亮得像刚做了SPA的女孩，而老菱则会沉到水底去，菱的角也变得又尖又硬，牙齿咬不动，须得用刀来砍。

二

人人皆知太湖。石湖其实是太湖支流形成的一个内湾，水面开阔，有“千顷一碧呈天境”的美名。相传东周时代，越人伐吴，凿石开渠而成石湖，因湖底皆石而得名。石湖之南有越来溪，穿湖而北。两千年前，越王勾践就是率大军从太湖经此水道灭了曾经勇武好战的吴国，传说，越国大夫范蠡在灭吴功成后，带着西施，经此归隐太湖。

南宋名臣范成大是土生土长的苏州人，他父母早亡，家境贫寒，靠勤奋读书，得中进士，进而做官。范成大的血液中必定保留着吴人基因中的刚烈，他作为祈请国信使出使金朝，为改变接纳金国诏书礼仪和索取河南“陵寝”地事，慷慨抗节，不畏强暴，几近被杀。归宋后写成了使金日记《揽辔录》。范成大一生颇受重用，官运亨通，但却常怀山水之思，致仕后隐居故乡石湖，在诗情画意的石湖山水中度过余生。得知范成大在越来溪遗址筑起别业怡然自乐后，宋孝宗亲自写了“石湖”二字赐给范成大，老范感觉很有面子，便从此自号石湖居士。

如今湖畔的范成大祠堂，背山面湖，修葺一新。庭前，金桂、罗汉松浓荫蔽天。“寿栎堂”里，身着宋服，手握书卷，坐卧于山石旁的范成大塑像，眉宇间依稀可见忧国忧民的意态。

三

“苏州好，串月有长桥。桥畔重重湖面阔，月光片片挂轮高。此夜爱吹箫。”

不知道沈朝初填这首《忆江南》的时候是否真的见到了石湖串月的盛景，但字里行间的确颇具画面感。月光如水，倾泻于铜镜般的湖面，似梳着一条长辫子的清朝诗人茕茕独立于行春桥头，箫声悠远，回旋萦绕于上方山麓，一时间，不知有多少人家的少女打开窗户，听一曲又一曲的箫声终夜不绝。

农历八月十八，是石湖串月的日子。据说景象应该是这样的：月光初起，正对环洞，一环一月，其影如串，故称“串月”。是日，来自苏沪一带的游客慕名前来石湖，桥边船舶如云，人头攒动，鼓乐之声响彻云霄——喜迎蟾宫嫦娥降临石湖。于是，周瘦鹃写诗赞道：

一水溶溶似玉壶，行春桥畔万船趋。

二分明月扬州好，今夜还须让石湖。

可惜，这么多年来，我一次也没有见到过真正的“串月”，也没有听谁说过见到了这等天下奇景。可是，我仍喜欢这场“风月”的邀约，在熙熙攘攘的人流里，孤寂与闹猛平分秋色。

其实中国的很多传统节日都是参与性胜过节日本身含义的，像端午、元宵，还有苏州人的“轧神仙”。在古时候，只有在这样的节日，女孩子才有机会出门游玩，尝试一下社交活动。爱情往往发生在这种场合，包括我们大学时很多同学的恋爱，也起源于石湖的“串月”，对他们来说，“串月”就是“串心”。

除了行春桥，苏州还有一个桥梁史上的杰作——宝带桥。宝带桥五十三孔，犹如“长虹卧波”般横卧在澹台湖上。相传在农历八月十八半夜，明月正中，月光照在湖上，每一个桥孔都幻化出一个月亮，水中的月亮随波起伏，犹如一串明珠。只是不知为何，宝带串月反倒不如石湖串月那么有名。

如此想来很让人咋舌呢！行春桥有九环桥洞串月，宝带桥则有五十三孔串月，那么，“画桥三百”的苏州东，在八月十八这一天，要有多少“月亮”留在苏州。真是奢侈。难怪周瘦鹃说，看“串月”这件事，大概肇始于清代，不知道是谁发明的，真所谓是吴侬好事了。

我不知道苏州到底有几个月亮，苏州人又想要几个月亮。西施姑娘当年就真的发明了一个“玩月亮”的游戏——灵岩山上的馆娃宫至今仍保留着她的“玩月池”。

今夜的石湖，倒是应该请宋祖英和多明戈一起，站在桥头高歌一首的，“Flying together high”（一起高飞）！是的，上方山上，楞伽塔下，皓月当空，澄澈万里，湖波山岚，一片清光。

天上人间，举杯相邀，一个月亮也好，九个月亮也罢，还有什么关系呢？每个人的心里，都倒映着一轮圆月。

水中月，镜中花。再多的月亮其实我们也是消受不起的。只是我们的心，期盼着能少一点芜杂，多一点澄澈与空明，而月亮，恰好代表着我们想要的那颗心。

补 记

2016年春天，苏州动物园从古城区迁出，上方山森林动物世界在石湖之畔横空出世。从此，石湖的月亮不再寂寞。

那些年讲过的苏州闲话

一个临近中秋的午餐时光，在纽约曼哈顿的日料店，我如约见到了高中同学。见面的第一句问候，我们两个苏州人彼此说了普通话。可能隐约有些别扭，我连忙换上苏州话。她一口就接应了，没有丝毫迟疑，仿佛昨天才从大洋那头飞过来。其实，二十世纪九十年代就移民美国的她，两三年才回一次苏州。我恍然悟到，少小离家，乡音无改，就是此刻了。

我们在日料店点了餐，自动屏蔽了周围嘈嘈切切的英语交谈，以苏州闲话聊起家常。我有多久没用苏州话聊过天了？这次却在一个英语国家，因为他乡故知，重温起儿时记忆。

一

我的童年和少年时代完全浸润于这片土地和专属于它自己的语言中。上学前，我的生命里没有除了苏州话以外的第二种语言。

那时学校的老师基本都是本地人，顶多来自常熟或太仓等周边的市县。除了语文老师，其他科目的老师上课一律用方言，英语老师也只在苏州话与英语之间切换。初三开始学化学，元素周期表必须背得滚瓜烂熟，因着老师是常熟人，我们生生地把“氢氦锂铍硼碳氮……”诵出了虞山的气息。

几十年后，这化学元素周期表在我口中依然滚瓜烂熟，用苏州话形容，就像穿头绳浪勒下来咯（吴方言，指穿在一根绳子上再一起撸下来），但只能用含着常熟味道的苏州话来背，倘若要改成普通话，须在头脑中逐个翻译。

我想，这大概就是方言的神奇之处吧，对于一个土生土长的苏州人来说，普通话只是一件保暖的外套，比外语亲近，但比之苏州方言，像是与肌肤隔开了一层，无法熨帖。所以，当苏州人遇见苏州人，即使场合需要用普通话交流，却往往在表达不能精准到位的时候，不由自主地蹦出来一两句苏州闲话，双方这才会心一笑。

父亲幼时客居上海，二十多岁才回到苏州，他的苏州话夹带了上海口音，母亲则是的的刮刮老苏州，一口标准的吴侬软语，甜糯婉转，将苏州女人的清丽柔媚表达得恰到好处。

大学时代，我的同学们大多来自北方，他们对我这个苏州人充满了好奇，喜欢叫我“小苏州”。我不太愿意当众讲苏州话，总觉得羞涩，每当有同学提出希望听我唱一曲苏州评弹时，我更是无地自容。尽管从记事起，评弹几乎伴随着我的长大，然而我真不会唱评弹。

那时我没法理解那些北方同学的感受，对于完全听不懂的一种说唱艺术，为何怀有一种近乎崇拜的向往？很多年后，我走过了中国大部分的省份，这才知道，只有苏州这样的温柔富贵地，才能滋生出这样软糯的语言，也只有这样软糯的语言，方不负杏花烟雨的江南。

在大学时代，攻读汉语言文学的我选修了“方言学”，才知道普通话只有四个声调而苏州话却有七个之多。古诗词朗诵时某些看似没有押韵的字词用苏州话读来便可以押韵，正是因为苏州话保留了大量古汉语的发音。

随便举两个例子，金昌绪的《春怨》：

打起黄莺儿，莫教枝上啼。
啼时惊妾梦，不得到辽西。

这里“黄莺儿”的“儿”，在苏州话中读作“ní”，苏州人把“儿子”叫作“兒子”，所以“儿”和“啼”“西”都是押韵的。

杜牧的《山行》：

远上寒山石径斜，
白云生处有人家。
停车坐爱枫林晚，
霜叶红于二月花。

这里“斜”不读“xié”，而读作“xiá”，老师一般会解释为这是古音。而在苏州话中，“斜”本就读作“xiá”。

说苏州文化底蕴深厚，北方同学也不服：“你们苏州人，包子和馒头都不分，有馅儿的才叫包子，没馅儿的那叫馒头。”

我傻傻地问道：“真的吗？我们有肉馒头、菜馒头、菜肉馒头、豆沙馒头、蟹粉馒头、小笼馒头、紧酵馒头、生煎馒头，很多很多馒头啊，都有馅儿的。”

同学疑惑道：“那没有馅儿的怎么办呢？”

我想了一下：“有葱花的叫花卷；啥都没有的，我们叫它实心馒头呀。”

二

回想起来，那些年讲过的苏州闲话背后，不仅珍藏了一段段趣味往事，也镌刻着一个人的成长背景。我们家的家教严格，那些粗鄙的上不了台面的苏州闲话，是绝不可以随便学舌的。街坊孩子在一起玩，难免会互相影响，母亲虽未学孟母三迁，但常告诫我，什么才是“好人家”应有的教养。但凡学说一个字，轻则挨骂，重则要“吃手心”。

在苏州，“吃”这个词真很百搭，有点像英语中的动词“do”，吃手心（打手掌心）、吃耳光（打耳光）、吃生活（挨打）、吃茶（喝茶）、吃酒（喝酒）、吃香烟（吸烟）、吃牌头（挨训斥）、吃夹档（两头不得好）、吃官司（坐牢）、黑漆墨拓吃俚勿煞（看不清真实情况）等，林林总总不下百十样意思。

可是，这么生动有趣的方言，如今却似乎日渐式微。语言学家认为，语言的平均寿命大概是六个世纪，苏州作为一座超过两千五百年的历史古城，她的语言已届高龄。越来越多的苏州人鲜少再用方言彼此交流，他们的工作语言是普通话，教育语言是普通话，家庭语言也在迅速地走向全面普通话。新苏州人想学苏州闲话却苦于没有语言环境，老年人坚持讲苏州闲话却无法与第三代沟通。无数的苏州孩子正在成长为优秀的世界公民，其中包括我的女儿，能讲一口流利的英语，却无法用家乡的吴侬软语表达情感。

从二十世纪六十年代到八十年代，张爱玲在美国断断续续用了十几年时间，完成了吴方言小说《海上花列传》的翻译，她将满纸的苏州闲话成功译成国语和英语两个版本，提前半个世纪做了一件似乎应该是我们这代人做的事。胡适对《海上花列传》的评价极高，他认为，吴语“这种轻灵痛快的口齿，无论翻译成哪一种方言，都不能不失掉原来的神气”。

然而时至今日，苏州话已濒于危墙，忽然想起张爱玲曾言的人生三大憾事：鲥鱼多刺，海棠无香，红楼未完。倘有第四件，是否为“吴语危矣”？

苏食

在苏州，春天是一个有太多美食的季节，也是一个让人很想谈一场恋爱的季节。

万物生长，一切都是刚刚醒来的样子，食欲很好，心情也随着风里渐渐氤氲的花香生发渴望。

在这样的食色时光里，唯三月胭脂色的酱汁肉不可辜负，它是一块恋爱中的肉，只为春天而活。

胭脂肉

张爱玲在她的小说里写到，如果湘粤一带深目削颊的美人是糖醋排骨，那么上海女人就是粉蒸肉。为此我常想，倘若张爱玲吃过陆稿荐的酱汁肉，一定希望自己是苏州女人。因为没有哪一块肉比酱汁肉更加像苏州女人，活色生香，明艳动人。

一

父亲喜欢吃肉，他遗传给了我。

红烧肉是父亲的拿手菜，不过他也喜欢买陆稿荐的熟肉回来吃。酱方和猪头肉是四季常有的，酱汁肉却只在春天有。

每年三月，观前街东醋坊桥边的杨柳刚刚抽条，告别了肃杀的寒意之后，人们便满心渴望着桃红柳绿。这时候，酱汁肉如期上市了。陆稿荐门头上拉着的红色横幅，让原本行色匆匆的苏州人停了脚步。

酱汁肉应季上市的头些天，如果不起个大早去排队的话，大抵是买不到的。我小时候就住在观前街东，离陆稿荐咫尺距离，父亲如果拿了夜班费，红艳艳的酱汁肉就会摆上晚饭的餐桌。

酱汁肉的红与红烧肉完全不同，也不似裹了茄汁的咕咾肉的红，它是一种很洋气的胭脂色。如今去陆稿荐买酱汁肉，肉都被包装在一个透明塑料盒中，从制作工厂运到店里，早已凉了，凝成一块块漂亮的“石头”。而当年我们是带着自家的搪瓷茶缸去买的。一寸多见方的块肉，前店后坊刚出锅，但见瘦肉嫣红，肥膘晶莹，参差有致，盛在洁白的茶缸里，竟有美玉的仪态。店里的师傅贴心地舀一勺胭脂色的酱汁浇上去，那肉香便混合着红曲特有的甜香升腾上来，撩得人口水沁出，不得不生生地咽下去。

成就了酱汁肉高颜值的红曲，也称丹曲，既是中药，又是食品。红曲米是用红曲霉素真菌接种于大米上经发酵制备而成。红曲在中国已有一千多年的生产和应用历史。《本草纲目》认为它具有健脾消食、活血化瘀的特殊功效。

如今饭店售卖的酱汁肉有多种创新版本，百度图片里的很多照片实际只是东坡肉，或是在东坡肉的基础上衍生出的樱桃肉。从块肉的形体来说，樱桃肉一般用三四寸见方的大块肉，将肉炖烂后在肉皮上横竖打上两公分宽的格子，只切断到肥肉部分，瘦肉并不分割，若即若离。托着大块肉的多为碧绿的小青菜，取“红了樱桃，绿了芭蕉”之意。樱桃肉的着色并不一定用红曲米，有用红酱油的，有用红葡萄酒的，也有用番茄酱的……不一而足。而陆稿荐的苏式酱汁肉，必定是一寸多见方的五花肉，独立成块，颜色也只有一种，即红曲米染出来的胭脂红。

这块胭脂美人般的好肉，我心下早已替她取了个好听的名字，叫作“胭脂肉”。胭脂肉一上桌，五官俱欢。我忍不住想到

《红楼梦》中贾宝玉那句话："好姐姐，把你嘴上的胭脂赏我吃了罢！"

二

后来我家搬离了观前街，离陆稿荐远了，父亲会在春天自己动手做酱汁肉。母亲后来也学会了这门手艺，胭脂肉终于从老字号的店堂"下嫁"到我家灶台。

周振鹤在《苏州风俗》中说，"最特别而为他处所无者，莫如酱汁肉……其佳处在肥者烂若羊膏，而绝不走油，瘦者嫩如鸡片而不虞齿决"。

酱汁肉的食材是要精选的。须用上好的五花肉，肥瘦相间，方得"环肥燕瘦"的妙趣。五花肉用清水洗净，切成一寸多见方的肉块，注意肉皮上不要有蓝色的印章。先加冷水煮开，将肉焯一遍后洗净再入锅，再加冷水、黄酒、盐、冰糖、桂皮、八角、茴香以及生姜片；另取一把红曲米，稍稍漂洗下，用干净的小布袋包好，袋口扎紧放入锅里，或直接用红曲米磨制成的红曲粉入锅，大火一起煮，汤水渐渐呈现鲜艳的胭脂红后，转小火慢炖。

瘦肉和肉皮很容易吸收红曲的胭脂色，而肥肉不吸收，五花肉的色彩层次由此慢慢清晰。红曲的量要掌握好。少了，颜色不够饱满；多了，会让肉和汤汁微微发苦。冰糖的好处在于可以让肉色更加透亮。炖肉的过程可谓赏心悦目，仿佛不是在烹饪一锅食物，而是极富匠心的艺术家在调颜料、烧陶瓷、刻雕塑……酥润甜糯、入口即化的口感，加上胭脂红的"色诱"，让一块酱汁肉

"活色生香"了三百多年。

苏州人爱吃鱼虾不假，而苏州人爱吃肉也是真的。在苏州大块吃肉的并不见得是那些执铁绰板唱《大江东去》的大汉，无数十七八岁的苏州小娘䠀（吴方言，指小姑娘），都是嗜肉的"吃货"。但她们依旧是窈窕淑女，依旧歌着"杨柳岸晓风残月"。

苏州人吃酱汁肉的季节是初春到夏至。过了夏至，苏州人便奔着另一块肉去了——在苏州，一年四季吃的是四块肉：春天的酱汁肉、夏天的粉蒸肉、秋天的扣肉和冬天的酱方。

三

苏州的故事，经常会扯上神仙吕洞宾，陆稿荐也不免俗。传说陆稿荐最初不叫这个名字。康熙年间某个四月十四日"轧神仙"的日子，有个衣衫褴褛、背一条破草荐、手捧两只合叠旧陶钵的乞丐到陆老板的肉店求宿。陆老板允他在灶门空地上蜷缩一宵。次日凌晨那乞丐便不辞而别了。烧火的伙计发现灶前有条破草荐，便随手撕碎往灶膛塞了进去，谁知顷刻间异香扑鼻。陆老板暗忖：那乞丐的两只陶钵合叠不正是个"吕"字么？他连忙把未曾烧掉的破草荐留下来，只每天抽出一根放入灶膛，从此烧出来的肉就十里飘香了。

"陆稿荐"就这样得名了。但两百年后，陆家的子孙因经营不善，把陆稿荐的招牌出租给了一个叫倪松坡的吴县商人。

倪松坡拿到经营权后，便将自家开设在醋坊桥堍的肉店挂上了陆稿荐的招牌，并购进当时最好的湖猪和常州洛猪为食材原料。这两处的猪皮细而薄，肉质肥瘦均匀，最适宜烧制熟肉。倪松坡还请来当时的烧肉名师张寿根专门研制酱鸭、酱肉、猪头肉等的配方，将陆稿荐的生意又做得风生水起。到民国年间，苏城陆稿荐竟多达近二十家。倪家为此专门向国民政府登记注册商标。观前街陆稿荐为防他店冒牌，特地加添“大房”两字并注明“只此一家，并无分出”的标记。成稿于1934年的《醇华馆饮食脞志》记载：“熟肉之最佳者，莫如观东之者陆稿荐。”

近百年来苏州风云变幻。但无论什么样的劫难，都没有将陆稿荐从苏州的美食地图上抹去。想来美食之于苏州这样的城市，是生生不息的——凡夫俗子、饮食男女，原就为口腹之欲而奔忙。城市的底色是人间烟火熏出来的，就算是水墨的江南、阳春白雪的苏州，也无例外。

印象深刻的是当年有位邻居阿姨，每次骂她儿子不听话，都尖声喊道：“小赤佬，倷耳朵生勒陆稿荐啊？”如今想起来，就觉得这句骂人的话无比生动，让人无比快活。

在苏州，春天是一个有太多美食的季节，也是一个让人很想谈一场恋爱的季节。

万物生长，一切都是刚刚醒来的样子。食欲很好，心情也随着风里渐渐氤氲的花香生发渴望。

在这样的食色时光里，唯三月胭脂色的酱汁肉不可辜负。它是一块恋爱中的肉，只为春天而活。

一碗面的苟且，诗和远方（上）

早起吃面，是很多苏州人的日常。跟广东人爱吃早茶不同，吃茶、吃点心属于社交，而苏州人早上的一碗面，纯粹是一个人的事情。匆匆进面馆，又匆匆赶着去上班，其间约莫二十分钟，点单，下面，吃面，既不讲究又很讲究的一顿早餐，就在与陌生人共坐一桌的面馆里完成了。

下面快，吃面也快，每道程序都是分分钟的事。在常去的面馆常会遇到熟人，彼此招呼一声，聊一两句天气也就止住了，吃面仍是随意捡个空位落座，埋头挑面、嘣面，闻香、喝汤……不看手机，也不聊天，细细到到享受完一块焖肉的酥软，一碟爆鳝的甜脆，或者一份素浇的鲜洁。

苏式面汤清而味隽，面与汤利落分明，并无纠缠，食之心情爽快。所谓一日之计在于晨，一碗晨面热气腾腾地下肚，出些微汗，神清气爽，一日的打算很快就理清了头绪。

说吃面不算讲究的早餐，大约是指吃面耗时少，场地简陋。

苏州的面馆一般清早就开门了，开到下午一两点钟午市结束就打烊，并不做晚市生意。面馆里从厨师到跑堂，上上下下人手不少，得从凌晨天不亮就开始做各种准备工作，有些浇头要预先烧好，如大排、爆鱼、焖肉。等食客们呼啦啦来了，水开下面，流水线出锅，那场面竟让人一刻都不得闲。有些浇头要现炒，如虾仁、鳝糊、蟹粉，但必须提前备料，做成半成品。如此，出面的速度自然就很快了。

看似不讲究的速度背后，是披星戴月的辛劳。面馆里的食客多为常客，点单速度快，汤面不一会儿就可取，取完坐下就吃，吃完抹嘴就跑，即使服务员忙得连桌上的碗筷都来不及收拾，也没有人计较。

食客吃面速度快，还有另一个原因。

宽汤、硬面、重浇头，是大多数食客的心头好。通常刚出锅的面会偏硬一点，然后在汤汁的浸润中慢慢变得绵软，如果食之过慢，汤被面吸掉，口感就会大打折扣。有经验的食客在面端上桌后的第一件事不是吃面或喝汤，而是用筷子将面挑起，挑松：一则不让面遇汤膨胀而粘到一起，二则可使面与面汤充分搅和，合二为一。

所以，吃面的讲究都在看不见的地方。

面

弱若春绵，白若秋练

在汉代，面食统称为饼，因面条要在“汤”中煮熟，便叫汤饼。西晋文学家束皙写有《饼赋》，称汤饼“弱若春绵，白若秋练”。这类面食正式被称为“面”，是在北宋时期。到了工商业发达的明清时期，苏州面肆众多，观前、阊门等商业繁华地区更是面馆云集。光绪年间，苏州面肆就多达三四十家。

面，有细面、阔面、小阔面、龙须面之分；一碗面，又有汤面、拌面和煎面之分。同样是汤面，亦存在宽汤面与紧汤面之别；同样是拌面，可以热拌，也可以冷拌；油煎面最出名的是五芳斋的两面黄，面煎得松脆，盘于盆中，金黄如月，浇上汤汁，香气扑鼻。

以焖肉面闻名苏城的老字号朱鸿兴，今天已经成为苏州大街小巷随处可见的连锁面馆。当年，朱鸿兴的绝活可不少，除了那一块三糕三肥肋条肉，它的面也是一绝。

旧时朱鸿兴的面用的是绝细的龙须面，入味快、吃口好，然而，龙须面出锅可是考手艺的，要求师傅不仅要甩得快，而且得有把控面条软硬的功夫，甩慢了面容易烂，甩得轻了面卷不紧，会带进不少面汤，导致泡软发胀。据说，当时很多食客喜欢自带家生（吴方言，指器皿）去朱鸿兴买面——相当于现在的打包回家，可见朱鸿兴的师傅下面的功夫了得。

如今，大多数面馆的面已标准化了，但在一些老城区的小巷里，或者在老新村，苏州原住民较集中的地方，你还可以叮嘱面馆的师傅，面要硬面还是软面，汤要宽汤还是紧汤。喜欢小葱的撒小葱，喜欢蒜叶的撒蒜叶，有些天天光顾的，师傅一见就知道该给客人多少汤，捞啥个面。

自然，旧时面馆流行的响堂，如今是听不到了。所谓响堂，指的是跑堂的堂倌把客人点的面连同需求高声喊给厨房，喊声有着独特的腔调与韵律，以便厨房及时处理点单。

陆文夫在《美食家》里写过朱自冶点面后的响堂："来哉，清炒虾仁一碗，要宽汤，重青，重浇要过桥，硬点！"用通俗的语言翻译过来就是：厨房听好了啊，清炒虾仁单浇面一碗，汤要多些，小葱（或蒜叶，各家面馆不同）多放点，浇头单炒，放在碟子里，面要煮得硬一点哦！

浇头

银丝细面拌蹄髈

面与浇头，算一对欢喜冤家。

说是一碗面，但食客大多是冲着浇头来的。浇头明为佐面之物，实则早已当上主角。

焖肉、炒肉、肉丝、爆鱼、块鱼、爆鳝、鳝糊、虾仁、三虾、卤鸭、蟹粉、三鲜、什锦、香菇、素浇……苏面的浇头委实不下数十种，一种浇头又有各样的分别，如焖肉有着五花和硬膘之分，块鱼有着头尾、肚裆、甩水和卷菜之别。

一碗面加一种浇头的是单浇，加两种浇头的叫双浇，也叫二鲜，鱼肉双浇叫红二鲜，鸡肉双浇叫白二鲜。如果你是土豪，要三种浇头也可以，就叫三鲜。总之，面浇头是可以依着客人的个人喜好随意组合的，当然，还可以加一份碧绿生青的小青菜，或一个煎得金灿灿的荷包蛋。

苏面其实是有等级观念的，价格普通的浇头直接放置在汤面上，价格略高的浇头则单独装于小碟，与面碗一起端上来，叫过桥。

焖肉面有些特殊，那块肥而不腻的大肉或装于小碟，或直接覆于面上，但食客首先做的都是将它迅速焐入面下，使之在热汤中暖身，行话叫作“底浇”。过几分钟挑开面来，那本就酥烂脱骨的焖肉在面中刚好化得不失其形，这时候入口，其味妙不可言。

这些还不够，老苏州更懂得要一小碟子姜丝倒进面里，与面拌了一起吃。那姜丝须得用新鲜的生姜，去皮后切得极细，雪白中透着一点嫩黄，脆生生的。将之与熟糯细软的面一同入口，嚼起来更觉鲜香。

民国时期，观振兴以白汤蹄髈面著称，蹄焐得烂而酥香，专为苏州人逛观前填饥之用，故大碗宽汤，轻面重浇。清人金孟远在《吴门新竹枝》中写道：“时新细点够肥肠，本色阳春煮白汤。今日屠门须大嚼，银丝细面拌蹄髈。”

大家都知道黄天源以糕团出名，却不知它曾一度因一碗炒肉面成为网红店。有次，一“吃货”脑洞大开，在黄天源店里买了炒肉团子，又买了一碗阳春面，他把团子里的炒肉馅挑出来放进面里当浇头，吃得津津有味。店主见了，灵光一闪，马上就将瘦肉、虾仁、香菇、扁尖、开洋等一起剁碎炒成面浇头，炒肉面一下就走红了。

要不怎么说顾客是上帝呢，“吃货”的想象力一向了得。松鹤楼原本也是面馆，以卤鸭面著称，后改营菜肴，但卤鸭面不废。不过，松鹤楼卤鸭做得虽好，面却不及观振兴与老丹凤，精明的苏州吃货们往往买了松鹤楼的卤鸭，带到别的面店里，要一碗阳春面，将卤鸭加在面上做浇头。

卖阳春面的店主情何以堪……

一碗面的苟且，诗和远方（下）

江南江北很多地方，清汤光面都叫作阳春面。上海人家也偏爱阳春面这个名字。住在弄堂旮旯里的张家姆妈、租了亭子间的李家先生，只要还吃得起一碗地道的阳春面，体面就还在。

你听，阳春白雪；你看，汤清面白，几点葱绿，一抹春光。

阳春面

本色阳春煮白汤

我先生是四川人，1985年来苏州上大学。第一次走进平门的新杨面馆吃面，看牌子上写着“阳春面”，心想，好特别的名字！再看价格，也是最低，开开心心就点了。面端上来，环顾四周，好像与其他人的面相比，自己的少了点什么，不好意思问，后来才明白，阳春面就是清汤光面。

阳春面在今天的苏式面馆中几近绝迹，挂牌单独售卖阳春面的面馆可能只剩下了齐门路上的韦复兴——也是去年才恢复的。我特意寻了去，证实了在这里花三块钱还可以吃到一碗阳春面，一碗老苏州称之为无浇的清汤光面。

在寻找阳春面的过程中，我在微信上询问一位取名姑苏阳春面的老友。他说，小时候在金门小学读书，金门城门口有一家面馆，他上学前就去那里吃一碗阳春面当早餐。由于吃不起有浇头的面，每天早上有一碗美味的阳春面就已经很幸福了。

阳春面是一碗幸福的面。

我记忆里的阳春面是小时候家里餐桌上的一碗面。

家常阳春面少不了三味调料：酱油、猪油和葱花。

粮店里可以买到新鲜的生面，若买多了一次吃不完，母亲便把剩下的面盘成一小坨一小坨的圆形，摊开在阳光下晒干储存。

煮面的锅要大，水要多，不然面容易黏稠不好吃。母亲喜食硬面，父亲总是把第一筷捞起的面放到母亲的碗中。酱油一般是生抽，讲究一点就用虾子酱油，猪油是自己熬制的，如果有炖好了的白汤，就不用酱油汤了，不管白汤还是红汤，阳春面里是一定要撒葱花或蒜叶的。我独爱蒜叶，姐姐不吃蒜，便撒葱花。

小时候，家里经济拮据，父母吃的经常是阳春面。大概因为多年节俭惯了，母亲晚年的时候，我带她进面馆，让她选浇头，她还是说："吃碗阳春面就好了。"那时已经没有面店卖阳春面了，她显得有些无措，便挑最便宜的，素浇或者香菇面。从那时起，我便带着她四处去找最好吃的面，虾仁、爆鳝、蟹粉、卤鸭，每次都为她点双浇……

有一部日本电影，直译过来名叫《一碗清汤荞麦面》，但是，译者将它译作了《一碗阳春面》，想来也是极爱这"阳春面"三字。电影中母子三人除夕吃面的场景涌动着脉脉亲情，面馆老板一家对客人的善举洋溢着浓浓暖意，与阳春面的意象真是完美贴合。

面汤

厨师的汤，艺人的腔

浇头是腕儿，是角儿，而鲜汤才是一碗面的基调。即使如阳春面，也没有哪家面馆敢疏忽怠慢。

面汤的熬制，叫作吊汤，也叫吊鲜头。比如当家花旦——枫镇大面的面汤，要用七月小暑的黄鳝熬成汤，再用酒酿吊香，汤清无色，却醇香扑鼻，加上大肉浇头的酥烂奥味、白面粉精制的细面、撩入碗中如鲫鱼之脊，吃在口中滑嫩爽口，枫镇大面成为苏面中的头牌，也算实至名归了。

好汤盛在相衬的碗里，才算不负卿卿。旧时朱鸿兴盛面的碗大有讲究，蹄髈面用红花碗，肉面用青边碗，虾仁面用金边碗，一般的面就用青花大碗。有没有想起点什么？对了，这就是皇后、贵妃与一般妃嫔的等级规制嘛。看来，一碗面，也是一出宫斗剧啊！

三虾面

鲜得眉毛甏脱哉

鲜得眉毛甏脱哉

译：味道鲜得眉毛都掉了。

释：毻，音tuò，毛发脱落之意，如毻头发。这是苏州话中的一句俗语，用夸张的手法形容美食之鲜。

既然面有三六九等，面价自然也有分别。如今苏面价格趋向两极，亲民的依然亲民，贵族化的也层出不穷。高价如蟹粉面、秃黄油面、三虾面等，一百多块一碗的面照样门庭若市。

今年六月，我在临顿路的一家面馆点了一碗三虾面，果然豪气。三虾，是将活河虾的虾仁、虾子以及虾脑放在一起现炒，都是当天的新鲜食材。有客人点了三虾面，厨师忙炒出一份浇头，盛上满满一碟端出来，别说吃，光看就已经弹眼落睛。这碗三虾面之所以珍贵，是因为河虾只在初夏脑满子肥，如果你在其他季节吃到三虾面，浇头三虾所用的食材无疑是冰箱里冷冻的了。

那日吃三虾面，我被隆重的阵仗吓到了。服务员端着大托盘笑盈盈走过来，一碟青菜、一碟金针木耳素浇、一碟姜丝、一小碗鸡丝蛋皮汤，仿佛众星拱月，围绕着三虾浇头，紧挨着盛在青花碗里的紧汤面，满满当当摆开了半桌，引得一拨吃面的阿爹好婆双目放光围拢来，问：这就是三虾面啊？

同桌坐着一对东北夫妇，来苏旅游。那男人吃的焖肉面，吃完了浇头，嫌汤太甜，便放下了筷子，女人点的是大排面，竟一筷子没动。见我在三虾面的碗碟当中大快朵颐，两人好奇地发问。我给两人详细讲解了苏式面的特点，两人极开心，说虽然太甜吃不惯，却知道了苏式面的这么多讲究，也不枉来吃这一趟了。

不久后，我又被朋友带去石路附近的一家店，也是吃三虾面。老板亲自来拌面，将炒好的三虾浇头与撒满葱花的紧汤面搅打在一起，手法娴熟，动作迅猛夸张，大概可算作一场关于三虾面的行为艺术秀。

那次，是我第一次很认真地去思考关于面与人生的问题。一碗面，本质上是填肚子的，吃饱就满足了，但是有了好汤的阳春面，就给苟且的生活带去了向往，然后又对浇头有了欲望，这欲望如同我们对生活的欲望一样，在不知不觉中步步升级。

尾声

从嘉余坊到斜塘老街，有过几次吃豪华苏式面的经历后，我反倒想念起大学时代平门的那个新杨面馆。前几日在大学同学群里做了个小调查，问大家对苏式面留存的印象。

学校坐落在西南郊外的上方山，食堂没有苏式面，但每天早上与供应稀饭一样，供应烂糊面，就是那种煮到没牙齿也可以喝下去的汤面，偶见一两根绿叶菜飘在上面，大家以为这就是苏州人吃的面条。后来，东北来的刘同学读了陆文夫的《美食家》，才知道苏式面有如此之多的讲究，为了像朱自冶那样吃到头汤面，她专门起了个大早，结果从上方山坐公交车辗转到了城里，还是没赶上第一锅。

“毕业很多年后回苏州，又去找平门的那家新杨面馆，却见那里已被夷为平地。非常伤感，再也找不到那么好吃的面了。”

找不到的不止一碗面里的时光，还有被时光吞噬的青春。有时候，诗与远方不一定在前路，可能就在你走过的那些岁月里，与所有当时的苟且共存。

此味只应苏州有

《红楼梦》第三十七回，曹雪芹铺陈海棠诗社的笔墨中，提到一个细节，是说袭人按照宝玉的意思打发人给史湘云送时令小食去，“便端过两个小掐丝盒子来，先揭开一个，里面装的是红菱和鸡头两样鲜果；又揭开那个，是一碟子桂花糖蒸的新栗粉糕”。袭人还交代说，这都是大观园里新结的果子，送给史大姑娘尝个鲜。

这里的“鸡头”，指的就是鸡头米，和水红菱一样，都是中秋前后新鲜上市的水生果蔬。加上溢着缕缕桂花香的新栗粉糕，还有紧接着到来的螃蟹宴，书中人和看书人哪里还顾得上海棠社赏菊斗诗！分明都沉醉在舌尖上的江南秋天里了。

这样的不时不食，于苏州人心有戚戚焉。

苏州人的美食，常是当地独有的，在特定的时间里，比如清明的青团子、冬至的冬酿酒、中秋的肉月饼、初夏的炒肉馅团子，以及端午前后的三虾面……即使紧邻如上海，也是顾不及的。上海人嘴馋，便一早坐了火车来，当天买了，当天坐火车拎回去。鸡头米亦如是，新鲜采，新鲜吃，绝对是每年八月到十月苏州人家餐桌上的C位大咖。

最是江南秋八月，鸡头米赛蚌珠圆

芡的果实，自然叫芡实，呈椭圆形，色褐，顶端有尖蒂，如同鸡嘴一般，才又被叫作“鸡头”，从中剥出的，则是鸡头米，同“花生米”的叫法别无二致。苏州人又喜欢把藏在外壳中的果实叫作“肉”，花生米在苏州话里叫“果肉”，这也便是“鸡头肉”叫法的由来了。

鸡头米，或鸡头肉，大名芡实，有北芡、南芡之分。北芡在中国广泛分布，茎叶果实上遍布尖刺，果实小，而南芡只在苏州葑门南塘才有，因此亦名“苏芡”。苏芡无刺，果实比北芡大几倍，结的籽也多几倍。新鲜的鸡头米，口感尤其清糯，现采现吃的苏州人可一饱口福，而上海、杭州等地却只能与北方一样，在南北货店里买到晒干后的老芡实。

老芡实磨制成的芡粉与菱粉、藕粉一样，常被用作烹饪时的勾芡，而对苏州人来说，勾芡更多是用菱粉，在苏州话里谓之“着腻”，此二字发音绵软轻柔，似于酥香鲜甜的苏帮菜更为妥帖。

鱼米之乡的人们似乎并未意识到这是大自然偏心的馈赠，心安理得地接受着这片土地四季的美好。

吴中女儿娇可爱，采得鸡珠和菱卖

如今的苏州，鸡头米上市的时间一年比一年提前，市场竞争日趋激烈，价格一年比一年高，大约芡农的生意也不好做吧。

从立秋开始，葑门横街一带就开始出现售卖鸡头米的摊头，多是中年女人，而男人们多半在凌晨三四点起来下池塘捞鸡头，回来交给女人剥。女人们戴着铜指甲，现剥现卖，当天捞上来的鸡头，须得当天剥完，如果不能卖完，就须放入蓄水的塑料袋，封了口放进冰箱速冻储存，自然有懂行的苏州女人会将这些冬眠的美丽精灵带回家去。

剥鸡头米是个苦活儿，更是个技术活儿。与很多地方一次性采收不同，苏芡一向分批采摘，从最初上市“七天打两头”，到最后一批“四天打两头”，苏州芡农摸索出了独家秘笈。采鸡头时，用特制的竹刀在果实基部切几刀，切勿伤到果柄，果柄若受了伤，水就会从伤口进入，造成植株死亡。

葑水种鸡头，最擅长剥鸡头米的自然也是葑门一带的女人了。鸡头壳极硬，要用力才能掰开，掰开之后，其中的白色芡实却又极嫩极软，稍稍用力，便可能崩裂成浆，必定要使用“软硬劲”方能将之完美剥出。其实现在也可用机器剥，但是鸡头米外表有一层膜，使用机器剥，这层膜很容易被刮掉，内部的浆水一跑，肉就不好吃了。

指甲受不了这样坚硬的鸡头壳，女人们便发明了磕鸡头米的绝招——用牙齿。后来，因食品卫生的要求，还是改成了手工剥，聪明的葑水女儿又发明了剥鸡头米的独门工具——铜指甲。

铜指甲其实是前端扁平的指套，有一段镶着铜片。用铜指甲剥出的鸡头肉，“存活率”提高了许多。苏州人把剥出来完好无损的鸡头肉叫作“大丹”，而破损的只能晒干再出售。

铜指甲解决了剥鸡头米艰难的问题，但这样的慢工细活，非一般人能为。难为苏州人有此耐心。看着满满一只大匾的鸡头，剥好了不过小小一盆。正如苏州人手工出河虾仁、出虾子、出蟹黄一样，其中全是工夫。

苏州人在对待吃的问题上，是最不怕费工夫的，也不怕距离。我在纽约加入了一个“吃货”团购群，在这群里，能买到苏式鲜肉月饼，也能买到青团子和蟹粉小笼包，但是，还是买不到鸡头米，不免有些遗憾。想起有个远房亲戚，曾将速冻的鸡头米用冰块层层包裹，装箱，托运出境，带到了西班牙。然后，在马德里餐桌上，盛上半碗桂花糖水鸡头米，慢慢享受“软温新剥鸡头肉”的闲情。

芡盘每忆家乡味，忽有珠玑入我喉

有档娱乐节目叫《拜托了，冰箱》，从不同人家冰箱储存的食品可以看出他们不同的生活方式。我家的冰箱显而易见是“苏式”的，我的鸡头米和我先生的碧螺春占了大半壁江山。每年秋天，我都会买上十几袋鸡头米，在冰箱里冻着，如此可以吃上一年。

所谓不时不食，讲究的无非就是个新鲜。其实速冻的鸡头米只要储存得当，口味与新鲜的没太大差别。不过，吃的时候要自然解冻，解冻后要让鸡头米浸于水中，直到下锅前不可脱水。解冻后的鸡头米只能泡于水中放冰箱冷藏，且须尽快吃完，不可再次冰冻。

鸡头米的吃法“仁者见仁，智者见智”，但若要品其鲜嫩，万不可煮开后超过三十秒。

我最爱的是桂花糖水鸡头米，是很“佛系”的吃法。

在砂锅、陶瓷锅、高温玻璃锅等容器（不要用铁锅）中盛水并烧开，然后将鸡头米舀入锅中，煮沸后就立即关火，然后迅速将鸡头米连汤水捞到碗里，加绵白糖，撒上桂花即得。如此煮得的鸡头米，内含溏心，有一股清香。

鸡头米也可以用来炒菜，比如与同是水八仙的水芹，或与水红菱、荸荠、莲藕一起炒——还可再添加白果、百合、豌豆等，不少饭店为之取名为“荷塘小炒”。鸡头米与河虾仁搭档堪称门当户对，互抬身价；与白米粥同煮，更显出了苏州人家餐食的精致儒雅。

新剥鸡头珠似肉，轻圆犹带口脂香

据中国美食家唐鲁孙记载，旧时北京的一些知名饭庄，每到夏天就把刚结籽成粒、尚未完全收浆的鲜嫩鸡头米，合着鲜藕、鲜莲、鲜菱等多种果仁，用荷叶盛着，下面铺垫冰块冰镇，做成“什锦冰碗”，作为达官贵胄们下酒的冷盘，消夏祛暑。

苏州人笑了。此等风雅的食尚，也不过就是苏州普通百姓的家常。天下美食无外乎两种：一种尽量复杂，味道层层叠叠；另一种则去繁就简，只保存天然味道。

鸡头米当属后一种。

吴门烟水，褪尽铅华。一碗鸡头米，是一个城市的玉壶冰心。

红脂块块香

西风紧，气温骤降。周末驱车驰上阳澄湖“美人腿”，买回十只生龙活虎的大闸蟹，没过一个星期就被我独食完毕。

歼灭了五对大闸蟹，窗台上半开的秋菊也怒放了。菊黄蟹肥，心满意足，想起贾宝玉说“指上沾腥洗尚香”，不知道敲打完这篇有关大闸蟹的文字后，键盘上会否留有余香……

一

小时候去外婆家，如果是秋冬季节，外婆家墙上就会贴好多白翅膀的“小蝴蝶”。所谓的“小蝴蝶”其实就是将大闸蟹的两只绒螯掰下来做成的，在螯还是湿漉漉的时候摆好造型摁到墙上，就黏住了，来年黄梅天之前，一般都不会掉下来。

吃螃蟹在那时的苏州不算奢侈，母亲和外婆都喜食，小蟹面拖，大蟹清蒸，从农历八九月吃到冬至前，除了叮嘱孩子吃完要喝一小杯姜茶，并且同日不可吃柿子之外，便不再有什么禁忌。

挑蟹、洗蟹、蒸蟹、剥蟹、食蟹，最后洗手，享用螃蟹的过程是冗长而烦琐的，着实需要些耐心，因此，女人天生是吃螃蟹的专家，不仅吃得细致，而且吃得文雅，还可能吃出些行为艺术来。

螃蟹性寒，林黛玉体弱，只吃了一点肉，便找合欢花浸过的烧酒来驱寒，自然意犹未尽，便随口吟诗道："螯封嫩玉双双满，壳凸红脂块块香。"古来那么多写螃蟹的文字，我独记住了这"红脂块块香"，每回剥蟹，对着那蟹黄、蟹膏下口咬时，都会再一次崇拜林黛玉——真的是"红脂块块香"啊！

淡水蟹中，湖蟹最上品，河蟹、江蟹次之，溪蟹、塘蟹再次之。苏州阳澄湖的螃蟹，人称"大闸蟹"，是湖蟹中最好的品种，没有之一。据说阳澄湖底是坚硬的，螃蟹在湖底横行，练出了紧实的肌肉，加上水质十分适宜螃蟹生长，因此，阳澄湖蟹肉质肥美鲜甜，不用蘸料，自成美味。

"不是阳澄湖蟹好，此生何必住苏州。"这是民国才女汤国梨对阳澄湖蟹的痴迷。汤国梨本是浙江人氏，跟随丈夫章太炎寓居苏州，直到去世，时年九十七岁。

上海人也是阳澄湖大闸蟹的坚定拥趸者。民国著名女星胡蝶自幼生长在上海，她一口气能吃七八只蟹，而且吃法高明，动作娴熟，在明星电影公司有"食蟹拥趸"的雅号。胡蝶晚年侨居加拿大，有朋友去探望时问她："你最忘不了上海的什么？"胡蝶笑答："大闸蟹！"

二

如今，上海人年年不忘来苏州吃蟹，顺便出来秋游。相城区阳澄湖中的“美人腿”（湖中半岛）是阳澄湖蟹重要的交易区，也是沿湖农家乐的集中地。双休日的中午，扎堆的农家乐门前停满了上海牌照的汽车，男女老少全家出动来吃大闸蟹了，吃完，还要再买些带回去，有些上海的老阿姨挑蟹，比苏州人眼睛还尖。

正宗的阳澄湖蟹，青背白肚，黄毛金爪，看起来孔武有力。首先，阳澄湖蟹壳平滑有光泽，其颜色既不似巢湖蟹的黄灰，也不若崇明蟹的黑灰，而是灰中泛青，透着明亮，人称“蟹壳青”；再将螃蟹翻过来看肚子，阳澄湖蟹的脐腹晶莹洁白，白中带青，有光泽，这是因为湖底长有茂密的猪鬃草，螃蟹常在水草上爬行，将自己的肚子蹭得锃亮，显然，普通湖蟹的肚子污泥斑斑，是无法蒙混过关的；再者，看蟹脚，阳澄湖蟹的脚爪不像一般的蟹爪呈灰褐色，透过阳光观察，它的脚爪居然呈金色，包括两只大螯上面的绒毛也都是金黄色的。阳澄湖蟹在被抓起时，金戈当剑，颇有将军威仪，被放入蟹池，又极有突围本领，一不留神它就从滑溜溜的四壁爬出，连玻璃壁也奈何它不得。

看了几家，问了几家，不买也没关系，蟹农都极友善，还是笑嘻嘻的，若是相邻的同行做成了生意，还帮着一起扎蟹。

所谓扎蟹，是将大闸蟹的两螯八脚蜷起来，用棉纱绳子十字形捆好，如此，就解决了像我这样对螃蟹又爱又怕的吃货之大问题。

三

记得小时候父母买回来的大闸蟹都是张牙舞爪的，并不捆扎，洗蟹时，须用手自蟹背抓住背壳，螃蟹的两只大钳子虽然疯狂舞动，却怎么也钳不到抓它的人；但稍不留神，刷它肚子的板刷就被它死死钳住了。这样的螃蟹，我是害怕的，它们强壮到下锅之后还会把木质的锅盖顶开。每每这时，母亲都拿几个秤砣过来压上，随着锅里沸水的咕噜声渐响，蟹爪的躁动声才渐渐停了。

其实那个时候我会有些不忍心，站在食物链顶端的人类，才是最凶猛的动物。即便柔弱如林黛玉这样的女孩子，看到盘中通红透亮的螃蟹，也不觉它面目狰狞，轻车熟路，掰腿剥壳，依次食之。

食蟹，可蒸可煮，但蒸的或许更鲜嫩好吃些。为了驱寒，蒸螃蟹时要放生姜和紫苏，没有紫苏的话只放生姜也行。蘸料用香醋，加点白糖和姜末，以一点热开水化开白糖，搅拌均匀。很多饭店的姜醋不加糖，这就不是地道苏州人的吃法了，不合我的口味。

先吃蟹坨坨还是先吃双螯与腿，其实都是个人习惯。我喜欢先吃腿，因为蟹坨坨太烫。吃完八条蟹腿，然后吃蟹坨坨，最后将双螯内的肉仔细剔出来，放在蟹斗中，浇上姜醋，大快朵颐。

重点说蟹坨坨，这也是吃货们最心驰神往的所在。

所谓六月黄，乃幼蟹，没什么肉。食蟹必定要等到农历九月，“西风起，蟹脚痒，九月圆脐十月尖”，食蟹的黄金季节才真正到来。

圆脐是雌蟹，尖脐是雄蟹。也就是说，农历九月吃雌蟹，蟹黄满、肉厚；农历十月吃雄蟹，蟹膏足、肉坚。深秋初冬，雌蟹雄蟹一概黄膏肥美，食客只管享用。

闷头吃大闸蟹的时候，两手不得闲，且湿溻溻的，腥香交织，正忙得不亦乐乎呢。若是冷不防哪位仁兄端着酒杯过来敬酒，此种尴尬，是食蟹经历中最不好的体验。

食蟹时最好别说话，像我这样不爱使用工具的，全凭铁齿铜牙应对，还得时时提防蟹螯、蟹腿，一分心，戳破嘴皮的惨事就会发生。

四

美食当前，共享有共享的欢乐，独享有独享的趣道。

《红楼梦》中写的大观园螃蟹宴十分生动热闹，我们可以看出，螃蟹在那时虽为美味，但算不得珍馐。一场欢宴，主仆同食，其乐融融，丫鬟们甚至会拿蟹黄抹对方的脸取乐，如同今天我们把蛋糕上的奶油抹到彼此脸上一样。读到此，我恨不能大喝一声“住手”。

如今我们面对阳澄湖蟹，肯定每一只都要吃得干干净净方才罢休。正因如此，食蟹，也许更适合私密的空间，独享，或只与二三至亲围坐剥蟹，不适合敷衍聊天，更不适合互相敬酒攀谈。

快节奏的社会不仅压缩了我们与食物相处的时间，也扭曲了我们与食物共处的空间。当我们一边握着手机刷屏，一边心不在焉地吞食，对于自然界的恩赐，我们已经失去了基本的尊重。

食蟹，让人与食物相处的节奏慢下来。在人们对食物渐失感恩之情的今天，认真品尝一只蟹，成为我们少有的专注于吃的一种仪式。认真地吃，慢慢地吃，细细地吃，也许，只有在食蟹过程中，我们才恢复了对食物最本源的敬畏。

所以，很多男人声称不爱食蟹，不是不喜美味，而是未能静心。是的，贾宝玉还说了：“原为世人美口腹，坡仙曾笑一生忙。”枉他还有袭人专门剥了蟹肉、蟹黄，放在蟹斗里伺候他吃，还嫌忙不过来，可见食蟹不是一件容易的事，于是很多嫌麻烦的男人就只好选择放弃了。倘若胡乱嚼了，不仅暴殄天物，而且还被戏称为“牛吃蟹”。

好吧，说的不是所有男人。其实男人中喜欢食蟹的也不在少数，说几个奇葩级别的古人吧。

清代美食家张岱算是最会吃螃蟹的，每到十月，他还与友人组成“蟹会”，一人分得六只蟹，为怕冷腥，便轮番煮吃，还辅以肥腊鸭、牛乳酪、醉蚶等佳肴，餐后漱口也颇讲究，用的是兰雪茶。张岱在他的《食蟹》一文中写道：“食品不加盐醋而五味全者，无他，乃蟹。”

明代剧作家李渔嗜蟹如命，自螃蟹上市之日起到断市之终，他家七七四十九只大缸里始终装满螃蟹，并用鸡蛋白饲养催肥。李渔无一日不食螃蟹，因担心季节一过难以为继，还要用绍兴花雕酒来腌制醉蟹，留待冬天食用。在没有螃蟹的季节，李渔先取瓮中醉蟹过瘾，而后腌蟹的酒也不会浪费，称为“蟹酿”，一直喝到来年螃蟹上市。

莫以为贪食螃蟹的都是古人，今人也当仁不让。有一次围棋大师聂卫平去香港，在金庸家中做客，金庸设蟹宴招待。聂卫平一口气吃掉了十三只大闸蟹，四座皆惊，以为神人。

五

有人痴迷食蟹，也有人执着于探究蟹文化。蟹之所以上升到文化的高度，实在是热衷于此的文化人太多了。就说阳澄湖的螃蟹为何要叫“大闸蟹”吧，文人们对此也研究得乐此不疲。答案至今有几种，彼此各有千秋，也各不相让。

最简单的一种说法，是捕蟹时用草闸，故称“闸蟹”，又因阳澄湖的螃蟹个头大，故称“大闸蟹”。

第二种说法与前者相似，但形象生动得多：“凡捕蟹者，他们在港湾间，必设一闸，以竹编成。夜来隔闸，置一灯火，蟹见火光，即爬上竹闸，即在闸上一一捕之，甚为便捷，之是闸蟹之名所由来了。”这段文字见诸现代作家包笑天晚年所著的《大闸蟹史考》。

第三种说法，与第二种近似，但更注重突出大闸蟹名号的荣光。此说以为螃蟹在洄游产卵的过程中，需经过一道道拦水堵潮的闸门，而能爬过那沿路大闸的蟹，必定身强力壮，这样强的蟹才是好蟹，才能被叫作大闸蟹。

第四种说法，则完全来自大闸蟹的读音。持此说者，认为“大闸蟹”原本应为“大煠蟹”。“煠”为吴方言，与“闸”同音，在吴地的语义是水煮（在《现代汉语词典》中，“煠”是“炸”的异体字）。加水“煠一煠”，就是加水“煮一煮”，且并不放油盐，是清水煮，比如煮白煮蛋，苏州人叫作“煠白焐蛋”，清水煮蟹，自然就被叫作“煠蟹”，所以有时也讲“清水大闸（煠）蟹”。确切地说，大闸蟹指的是用水煮的烹饪方法端上桌的螃蟹。

那么，但凡清水煠的蟹就是大闸蟹了吗？我却觉得这个称呼其实隐藏了一种身份认同的含义，如果这蟹足够大、足够好、足够美味，可以当得起张岱所言的“不加盐醋而五味全”，才配叫作大闸蟹，倘若品种不济，或者身量不足，只能用来做成醉蟹，或者切成两半面拖、油炒，就不是所谓的大闸蟹了。不过，面拖蟹也是极好吃的，加了毛豆子的螃蟹炒年糕，亦是人间美味。至于蟹粉面、蟹粉小笼包、蟹粉小馄饨、蟹粉豆腐等，又是“吃货”界的另一场味蕾盛宴了。

吃大闸蟹说到底也真不是一件容易的事。以前螃蟹不贵，不用有钱，但要有闲。如今大闸蟹身价不菲，那可真是要有钱有闲才吃得起了。

剥蟹是个技术活儿。记得小时候，我是不吃蟹腿和蟹钳子的，只吃完蟹坨坨里的蟹黄、蟹膏就满足了。而我的姐姐很有耐心，她会将蟹肉一丝丝细致地剔到蟹斗里，倒上姜醋后给我吃，我一口吞的感觉只是爽利，直到长大后才明白薛姨妈的那句话：“我自己掰着吃香甜，不用人让。”

我家有剥蟹的工具，但我从不用，也许是用不习惯，也许是对工具有抵触情绪。在我看来，手抓羊肉就是应该用手抓，而大闸蟹，就是得用手指掰、用牙咬，用唇和舌尖第一时间感觉那份鲜美。有时心想，等哪天老到用牙咬不动再说吧，母亲八十岁以前吃蟹从不用工具，一样吃得有滋有味，干净利落，我相信我也能。

煠一次螃蟹，厨房里腥味几日不散，我觉着是余香，我先生却觉得不堪忍受。很多食物都可能遭遇过这样的尴尬，如榴梿、香椿、臭豆腐……凡此种种，我都觉甚香。不过，吃完螃蟹后洗手还是有必要的，虽然没有大观园里用的菊花叶儿桂花蕊熏的绿豆面子，但用茶叶水洗一洗，也可免去许多尴尬。

这篇文章应该有个轻松的结尾，于是想到一件有趣的小事：有一年家里吃蟹，第二天放学的时候，老师把早晨我们交上去的作业本发下来，发到我，老师神秘一笑，轻声对我说："昨天，你吃大闸蟹啦？"我打开发下来的作业本，果然，腥风袭来，"蟹天蟹地"。

补记 蟹八件

蟹八件，是苏沪杭一带民间流传、专门用来吃蟹的工具，是明代一个叫漕书的人发明的，当时仅仅只有锤、刀、钳三件。

蟹四件，蟹六件，蟹八件，甚至蟹十件、十二件等，都是在蟹三件的基础上演变发展而来的。

最常见的是我们今天所称的蟹八件，包括小方桌、腰圆锤、长柄斧、长柄叉、圆头剪、镊子、钎子、小匙，分别有垫、敲、劈、叉、剪、夹、剔、盛多种功能。

蟹八件多由铜制成，讲究的大户人家则会选用白银制作。晚清到民国时期，蟹八件作为精美的工艺品，成为苏州姑娘的嫁妆之一。

巷口那一碗羊肉汤

苏州的夜一向宁谧。

记得数年前去西南一个城市出差，发现那里的人半夜十二点钟后还在大街上吃夜宵，我甚是惊讶，要在我们苏州，这个钟点的人们大抵早已去见周公了。只有一件事例外：若说大街小巷深夜依旧灯火通明的店家，十有八九叫同一个名字——藏书羊肉。

是的，苏州的夜生活在那大桶乳白色的羊汤里翻滚着，透过布满水蒸气的窗玻璃，竟是看得见、闻得着的寒夜温暖。

一

十年前我在媒体工作，加班加点是常有的事。深夜，饥肠辘辘地离开报社还不是最难熬的，冬夜彻骨的寒风才算雪上加霜。其实人对于美食的诱惑基本都是没有抵抗力的，尤其是在饥寒交迫的夜，在灯光昏暗的街角，一爿白炽灯明晃晃的羊肉汤店兀自出现在眼前，怎可能忽略过去呢？久之，就算刻意绕了路，也还是要去喝上一碗。

现在流行的是羊肉明炉，切了肉，稍带些羊杂，加白菜、粉丝、鸭血和油面筋一锅煮。我更喜欢从小习惯的吃法，纯羊肉，煮熟切了片，放入白色的大海碗，然后揭开灶上咕嘟咕嘟滚开着的汤桶，舀一勺沸腾的白汤，冲入碗中，跟着撒一把蒜叶。蒜叶要切得细，撒得匀，在奶白的羊汤里生翠生翠的，十分耀眼。这样一碗羊汤比现在的一锅炖要好吃得多，汤浓、味鲜，羊肉特有的鲜香与蒜香交融出奇妙的感觉，似乎偾张而开的不仅是你的味蕾，而且是你全身的毛孔，以及你的欲望。你可以恣意地呼吸它们，接纳它们，消受它们。

正宗的藏书羊汤是淡的，盐可以自己放。桌上除了盐罐子，还会有一个装辣椒酱的瓶子。千万别以为苏州人不吃辣，其实苏州人把辣椒酱叫作“辣火酱”，辣火酱以吴江平望出产的为最好，这个“火”字用得特别形象，酱料的颜色是红彤彤的，有点稀。舀一小勺加到羊汤里，尝一口，你定会感叹两者可谓绝配。

好吃的羊肉汤一定是滚烫的，要一口一口慢慢呷；好吃的羊肉清爽紧致，被煮得鲜嫩酥烂，入口绵软。有一个景象令人称奇：寒冬腊月，藏书羊肉店的露天排档一样火爆，简易的桌椅板凳摆在店堂外，或人行道，或巷子口，任寒风呼啸，刚刚还搓手跺脚的食客们一捧上那碗羊汤就暖和了，不一会儿，一碗落肚，围巾帽子都戴不住了。

几十年过去了，苏城大街小巷的羊肉店早已星罗棋布。以前藏书羊肉店只开一个冬天，每年十一月开，三四月关，一般都是夫妻店，随着天气转暖，忙了一冬的店主夫妇就会收拾收拾店铺回到藏书。后来不知几时起，慢慢地，藏书羊肉店开的时间越来越长，更多的店面固定下来，一年四季常开。到了夏天，有的店主夫妇就做小龙虾的生意，龙虾也照样卖得风生水起。

只是那一碗羊汤一年四季都有了，便也不再十分惦记。儿时的记忆中，如果出门几步就可以看见一爿新开张的“藏书羊肉”，那就意味着，苏州的冬天来了，紧跟着，银杏叶落了，冬酿酒上柜了，落雪了，快过年了……仿佛我们的生活就是这样被安排好的，到什么时候该做什么，吃什么，盼望什么，都是与季节的约定。在约定的时光里，各自信守承诺。

二

经常有北方的朋友问我，为什么藏书羊肉这么有名？苏州乃鱼米之乡，位于江南丘陵地带，山不高，更没有草原，多的是河流湖泊，似乎这种自然环境并非盛产牛羊的地方。

我也不甚明了。只知道藏书是苏州太湖东岸的一个地方名，境内群山绵延，植被丰富，适宜养羊。羊肉最早只是当地的农家菜肴，农民做农活劳累体乏，便吃羊肉进补。有客人从城里来，便在自家灶上煮了羊肉羊汤招待，没想到羊汤鲜美的味道深得城里人青睐，一些头脑灵活的农户便选择冬天到城里去开店经商。后来其他农户纷纷效仿，藏书羊肉店就在每年的秋冬之交在苏城遍地开花，“羊汤勿鲜勿要铜钿”（吴方言，指羊汤不鲜不要钱）的广告语也迅速流传开来。

如果一定要溯源，大概可以追溯至明清时代。明代时，藏书一带穹窿山麓的农民就有从事杀羊、烧羊肉、卖羊肉的副业，一般都以担卖或摊卖为经营方式，到了清末才开始到苏州城里开店设坊。那时候的羊肉店俗称“羊作”，光绪二十二年（1896），藏书乡周家场周孝泉到苏州醋坊桥畔开设了城内第一家堂吃的“升美斋”羊肉店，宣统后分别在都亭桥、临顿路两处开设“老义兴”和“老协兴”羊肉店。醋坊桥就在观前街的东头，走过醋坊桥便是临顿路。现在这条街上店铺林立，也有不少羊汤店，可惜都不是那家光绪年间的老字号，甚至今天许多的藏书羊肉店也都是新苏州人开的，这跟阳澄湖卖出来的螃蟹不一定是阳澄湖蟹一样。说到底，藏书羊肉已成为苏州人的一个冬夜情结。

民国时期，藏书的农户进城开羊作的越来越多，道前街、鸭黛桥、娄门塘几处开出了“老源兴”“新德和”等颇有名气的店堂，后又在善人桥开出了小镇第一家羊作店——胜利羊肉店。1949年后，个体经营逐渐转变为集体经营，他们便在石路、皋桥、太监弄、东中市、宫巷等苏城的繁华商业区开设了大约十多家集体经营的羊肉店。直到二十世纪八十年代后，又逐渐回归到个体私营。

人与社会的关系在历史的进程中不断在改变，但人与社会之间有一些约定俗成的东西却根植得很深。比如民风、乡俗，以及饮食习惯。凡属舌尖上的记忆，大抵是会如基因一样一代代传下去的。

三

在苏州这样一个有故事的城市长大，有两件事是你必须见怪不怪的：一是苏州的每一个地方都有掌故，地名、街名、巷名全都有出处，这些出处全都有故事；二是苏州的每个地方都有名人留下的痕迹，短则可追数十年，长则有两千五百多年的光阴，他们的名字不提则罢，一提，又是通篇的历史故事，而且都有考据，绝对不是杜撰出来欺骗游客的坊间传说。

藏书的“藏”读“cáng”，而不读“zàng”，这个名字来源于一个刻苦读书的年轻人，他叫朱买臣。小朱同学自幼家境贫寒，估计他也想凿壁偷光夜读来着，可惜大概隔壁邻居家的烛光更昏暗，所以他只能在大白天半工半读。朱买臣每天“担数薪”，这差事也算自由职业吧，又怕耽误了砍柴被家人责备，于是他把书藏在山上的一块石头下面，趁没人的时候偷偷拿出来，“行且诵书”。由于朱买臣用功读书，终于在半百之年书包翻身，当上了会稽太守，虽然官不大，但在还没有科举取士制度的西汉年间，一个放羊的平凡人靠自己研究学问做了官，堪称是个奇迹，无怪乎后人为了纪念他，将他的家乡取名为“藏书”。

这本来只是个励志故事，后来却又有了家庭伦理剧的续编。根据史料记载，朱买臣五十岁做官，算是大器晚成，而他的妻子却在他四十几岁的时候离开他另嫁。这要在现在不过是平常事，感情不和嘛，何必将就。但那是西汉，一个女子要怎样不满意自己的婚姻，才会逼着丈夫休了自己？而且，剧情继续发酵，终于等到朱买臣扬眉吐气衣锦还乡了，这前妻又会如何面对？故事竟在千年流传中出现了两个版本。

第一个版本是根据史书零星的记载推测出来的，我们今天大多数历史故事都是这样诞生的。朱买臣和他的妻子感情很好，但是精神境界差异太大，丈夫一心读书想做官，不切实际还很高调，妻子勤劳又务实，被丈夫的好高骛远气伤了心，最终感情破裂离婚，然后妻子找了个志同道合的农民踏实过日子。几年后，朱买臣实现了仕途理想回到家乡，觉得前妻当年跟着自己吃了那么多苦，很对不起她，就把她和她现任的丈夫一起接到家中好生款待。最终他的前妻却自尽了。

第二个版本源自明末清初一个姓名不详的人写的剧本《烂柯山》，说朱买臣的妻子嫌贫爱富，嫌朱买臣又穷又没出息，逼着他写了休书另嫁富户去了，后来朱买臣做官回乡，前妻上门来求复合。朱买臣面对要求复合的前妻泼了一盆水在地上，说你要是能把泼出去的水收起来，就回朱家。前妻羞愧难当自尽了。这个剧后来又被演绎成“覆水难收”的由来。

第二个版本显然是个烂剧，情节生硬又狗血，经不起推敲。想来不过是一些虚荣心十足的穷酸文人瞎编乱造。其实第一个版本倒当真是个悲剧，一段破碎的婚姻，两个真实的好人，最终朱妻之死，并非死于羞愧或懊恼，她应该是死于流言，或者死于好不容易得来的平静生活从此不再。

糟香

我的老师是一位八十高龄的“空中飞人”，经常往返于北京、香港和美国三地。每一番天伦之乐后回到苏州，都会邀我和我先生去苏帮菜馆吃饭。老师每回点的菜肴都少不了一道糟溜鱼片，她说，这是一种回家的味道。

一

关于糟溜鱼片，百度上的说法有些乱，有说它属于鲁菜系的，配合了宫廷御厨的典故，也有说是福建菜或浙江菜的，大抵因为酒糟源自黄酒，黄酒属浙江绍兴的最好。总之，糟味倘使成为一个美食文化的IP，可能免不了一场属地纷争。偏偏大名鼎鼎的苏州百年老店松鹤楼当仁不让，在老字号经典菜品中，糟溜鱼片向来与松鼠鳜鱼、清炒虾仁、响油鳝糊、蟹粉蹄筋、酱汁肉等齐名。

我小时候很少有机会上馆子，除非有亲戚朋友的婚宴，但也不一定能上得了松鹤楼。但是，与松鼠鳜鱼的身世显赫不同，糟溜鱼片在苏州人家算是比较讲究的一道家常菜。如果把松鼠鳜鱼比作皇家公主，糟溜鱼片就是邻家小妹了。我家是父亲掌勺，他小时候生长在上海，据说上海人很喜欢这道菜，父亲也不例外，他最拿手的菜是红烧肉和熏鱼，排到第三位的就是糟溜鱼片了。

烹制糟溜鱼片用的是糟油，制作糟味凉拌菜用的却是糟卤。糟油和糟卤到底有哪些区别，我至今都傻傻分不清。只知道糟味美食一般用到的三种糟类调料分别是酒糟、糟油和糟卤。

酒糟是制作黄酒的过程中产生的酒渣，呈固体状，颜值不高。每年过年，家里都会买两条大青鱼，除了在小年夜忙着做熏鱼外，剩余的鱼一般都会“糟”起来。

糟本来是名词，这时就成了动词，指一种特别的腌制手法。把切成段的鱼肉先用盐抹匀，然后再把酒糟涂上去，正反面都要涂，涂好后放置在事先洗干净并吹干的缸或钵头里，一层层排得尽量平整，最后，用石鼓墩把口压上，放到阴凉通风处。

石鼓墩在苏州老宅中随处可见，是老房子柱子的底座。房子年久失修后很多便改成砖混结构了，石鼓墩由于体重、状圆，于是成功转型为腌菜必备神器。

酒糟还可以用来糟黄豆芽。

苏州人家的除夕年夜饭有两道素菜必不可少，一道是糟香黄豆芽，一道是煸炒大青菜。前者以形似如意，后者谐音快乐（在苏州话中快乐的“乐”与“绿”同音）。

糟香黄豆芽至少要提前一天准备。父亲一般会用母亲缝制的棉纱袋来装酒糟（药店里买的消毒棉纱，或把棉纱口罩拆掉做成小袋子），封口后直接放在烧熟的黄豆芽中，一到两天后打开盖子，香气扑鼻。

如果将刚烧好还热着的黄豆芽放入酒糟，是为热糟；如果等到黄豆芽凉了以后再放，则为冷糟。前者入味快，但菜的保质期短；后者入味慢些，但保质期长。

糟油和糟卤并没有严格的区分，都可以用于凉拌菜，或凉面，或干脆做蘸料。传统人家喜欢做的糟菜，我在小时候几乎都品尝过，糟鱼、糟肉、糟蛋是过年的必备，有客人来了，临时切一盘糟肉，备一盆糟蛋，撑一下饭桌上的场面最是方便。糟鸭舌、糟鸡翅、糟凤爪、糟毛豆装冷盆，糟鱼切小块加冬笋氽汤，鲜得眉毛都要掉下来。这些糟菜的做法更是简单，先加盐将菜煮熟，捞出，冷却后倒入糟卤，卤一至两天就可以上桌了。这些糟制品多半是用糟卤做的，味道浓一些，而糟油味道稍淡，直接做蘸料更好。

说到糟油，苏州太仓的糟油名气不比他的肉松来得小。糟油是在酿成的酒浆原液中添加丁香、月桂、玉果、茴香、玉竹、香菇、白芷、陈皮、甘草、花椒、麦曲、盐等二十多种辅料制成的，经过密封，愈加醇香，而且时间越长越香，难怪要说糟油与酒原是一家啊。

苏州人春夏季节喜欢用凉拌的小菜佐粥，比如莴苣笋、青菜茧（菜薹）、清水茭白，甚至去外皮后的西瓜皮，切细后加酱油、小磨麻油和糟油；如果是虾子酱油就更妙了，真的是人间清纯美味——假使要选个明星代言人，非青霞女神莫属。我常想，用什么比喻来形容糟味美食呢？苏州人俏皮地说："吃耳光"也不放的。同样，夏天家常的风扇凉面亦如此，酱油、麻油、糟油的美味组合，绝对所向无敌。

二

小时候我一直以为糟味菜肴只源自苏帮菜。在父亲腌制糟肉和糟蛋的狮子缸里，我积淀了心中对黄酒的美好期待。那种香气无疑是迷人的，有些微醺，有些撩拨，有些江南深巷缠绵的意。

长大后的我被证实不胜酒力，但是每每饭桌上有黄酒，我心里都有些痒痒，闻到它，心里是欢喜的，是迷恋的，是于心有戚戚焉。

查阅了资料，才知道糟味起于战国，盛于南宋，是江南寻常人家普遍的饮食习惯，最初可能与食品储藏有关，袁枚的《随园食单》中就有如“糟鲞”“糟肉”和“糟鸡”的记载。

吃糟，可以溯源到先秦，算是先秦遗风了，最早载于两千多年前的《楚辞》。南宋以后吃糟之风兴盛，都城临安（今大的杭州）有卖糟鲍鱼、糟羊蹄、糟蟹、糟猪头肉的，到元、明、清时，已发展到家庭自制。

《红楼梦》第八回中，宝玉因夸前日在那府里珍大嫂子的糟鹅掌鸭信，薛姨妈听了，也忙把自己糟的取了些来与他尝。宝玉笑道：“这个须得就酒才好。”

这里写到的鸭信就是鸭舌。糟鸭信在乾隆年间是扬州名菜，在苏州也同样非常流行，《书隐丛说》里写道：“其宴会不常，往往至虎阜（即虎丘）大船内罗列珍馐以为荣……如琵琶鸭舌、烩鸭舌掌、瓢儿鸭舌、糟鸭舌等等。”

苏州本就是鱼米之乡，最适合做糟菜。黄酒一直是苏州人烧鱼去腥的必备作料，有了糟，不仅去腥，而且糟香入骨，更是咸鲜相宜。

《红楼梦》第五十回中，姑娘们联诗制谜，因天气寒冷，李纨捧过手炉来，探春亲自斟了暖酒，奉与贾母。贾母便饮了一口，问那个盘子里是什么东西。众人忙捧了过来，回说是糟鹌鹑。贾母道："这倒罢了，撕一两点腿子来。"于是李纨要来水洗净了手，亲自撕了递与贾母。

不单是曹雪芹在《红楼梦》里提到过糟鹅掌、糟鸭舌、糟鹌鹑，《金瓶梅》里也有关于糟鹅胗掌、糟鲥鱼的描写："里外青花白地磁盐，盛着一盘红馥馥柳蒸的糟鲥鱼，馨香美味，入口而化，骨刺皆香。"难怪宋人陆游吃过糟鸡后大笔一挥："糟鸡最知名，美不数鱼蟹。"倘使那时有微信，他就发在朋友圈了，这时定会有人点赞评论："入口之物，皆可糟之。"

要说讲究吃食，讲究不过《红楼梦》，要论精致生活，精致莫过于苏州。糟香裹挟食材的鲜美，是将口感的美味转化为五官的美味。况酒性烈，容易过量而大醉；糟性醇，若有若无，似是而非，是朦胧，是暧昧。

糟醉一家。糟香，骨子里是酒香，比酒香低调，比酒香亲和。于人的精神层面，我想大抵是给予一种归属感，在不胜寒处给人一个心心念念回到故乡的理由。

苏拾

童年，是人身上无形的胎记，只有你自己知道它的存在与永恒。

岁月是什么？是过尽千帆、永不再来的一种流逝吧。很多美好的感情就是在不经意的消耗中无疾而终的。那些你以为还在的，并且一直都在的，其实都在点点滴滴地流逝着，而且永不再来……

风景旧曾谙

江南好，风景旧曾谙。

日出江花红胜火，春来江水绿如蓝。

能不忆江南？

六十七岁的白居易，感怀洛阳“花寒懒发”的春天姗姗来迟，不禁疯狂想念十二年前任职苏杭的日子。

那一年的杏花春雨江南，那一路的锦绣七里山塘，是白居易一生所眷念的。事实上，每一个在苏州生活过的人，都会用一生去怀念苏州。

早春 寒

早春的苏州并不温暖，春水涌动，乍暖还寒。拗春冷（吴方言，指倒春寒）常常把人冻得彻骨。小时候没有空调可以取暖，立春以后反倒最容易生冻疮。大人们反复强调“春捂秋冻”，意思就是开春后不能急于减衣裳，有时甚至应比腊月里还要注意保暖。

“春江水暖鸭先知”，人对春天的感知却并不敏于身体发肤，而在主观意志。早春时节，人们对春天有着莫名的向往，大自然哪怕只有一丁点儿的细微变化，人们都会放大了去体察，并为之欢喜。梅花是第一个绽开的，所以人们会冒着风雪去探梅，柳树是最早萌芽的，所以人们关注它从吐绿到被剪成细叶的每一个晨昏。就这样，在度过了雨水节气后，人们盼到了惊蛰。

惊蛰有三候，一候桃始华，二候鸧鹒（黄鹂）鸣，三候鹰化为鸠，桃花、杏花、蔷薇，次第开放。三花一开，则到处都是春天噼噼啪啪的声响了。

今年的惊蛰，我没有听到春雷。但春天还是来了，在绵绵密密的春雨里，在期期艾艾的梅枝间，像是老大不情愿似的，一步三回头地缓缓走来。

时值农历二月初，山茶花盛开。我家门前的两株山茶通常比邻居家的开得晚一些，但不打紧，等他家的花儿谢了，我家的仍然开得繁茂，大约山茶自己也懂得珍惜眼前，趁着万花未绽，瞅个空儿，生生将自己开出了牡丹的范儿。

二月二，龙抬头，也是春耕的开始。既然龙王爷都抬起头来醒醒神要开始工作了，正月里玩得收不住心的人们是否也该从这一天起好好干活了呢？正所谓“一年之计在于春，刚起头儿，有的是工夫，有的是希望”。

这一天，苏州人纷纷去理发店剃头，尤其是给孩子剃头，往往把剃头师傅忙活得饭也顾不上吃；这一天糕团店也是须排队的，苏州人二月二要吃撑腰糕。据说吃了这个糕，腰杆不酸痛，干活儿有力气。

过了二月二，春天的气息骤浓，吹面的春风不再透骨，微微夹带了杨柳幼芽的清香。有时天气忽然升温，都不给人适应的机会。多半会有应景的雨隔三岔五地落下。朱自清说过：“雨是最寻常的，一下就是三两天。可别恼。看，像牛毛，像花针，像细丝，密密地斜织着，人家屋顶上全笼着一层薄烟。”

仲春　酥

“天街小雨润如酥”。是的，正是这个“酥”字，为仲春时节的到来起了个头。

地里的野菜绿油油地登堂入室，上了苏州人家的餐桌。马兰头拌香干，鲜甜中带着春草的清香；野荠菜豆腐羹，略一勾芡就是一池江南的春水；香椿头炒鸡蛋是我的最爱，那红彤彤的芽叶与金黄的蛋液倾心交融，香椿头遇热变得更绿，说不清是谁成全了谁的美。还有微苦的清炒枸杞头、散着酒香的金花菜、红烧的菜花塘鳢鱼、春笋煨就的那一锅腌笃鲜，加上胭脂色的酱汁肉……谁还能抵抗美食的诱惑？谁不是酥倒在春天怀中呢？美食作家沈宏非曾经写过一篇文章，叫作《苏州原本是酥州》，可见他是苏州人的知己。

然而，仲春的暖，仍有磕磕绊绊的不如意。先是农历二月二十八，苏州人称“老和尚过江”，再是三月三，俗称“祖师报”，只有度过了此风雨大作的二劫，春天才会顺顺当当地挥师江南，一往无前。小时候心急，天晴了几日，气温骤升，便忙换下冬衣，想要洗了收起来，好穿上心仪的春衫。此时母亲必定会提醒，

“老和尚过江”的日子还没到呢。

这段时光百花争奇斗艳，极致绚烂，但也极为短暂。“桃树、杏树、梨树，你不让我，我不让你，都开满了花赶趟儿。红的像火，粉的像霞，白的像雪。花里带着甜味儿；闭了眼，树上仿佛已经满是桃儿、杏儿、梨儿。花下成千成百的蜜蜂嗡嗡地闹着，大小的蝴蝶飞来飞去。野花遍地是：杂样儿，有名字的，没名字的，散在草丛里，像眼睛，像星星，还眨呀眨的。”

若没有朱自清先生的《春》，我甚至不知道该用怎样的句子来形容那些迷了我们双眼、令我们陶醉的铺天盖地的芳菲。

我的大学旁有一片桃林，那是苏州西郊上方山春天的调色盘。每至桃花盛开，下午的课堂总显得有些稀疏，逃课的同学们不外乎有一个共同的去处——桃林。咫尺之间，晚霞般的桃林在那里召唤。

很多年过去了，如今上方山的桃花已所剩无几，据说是因为结的桃子品种不佳，卖不出好价钱，桃树便被砍了。但我们青春的记忆并没有被一同砍去，反而如火如荼地生长。

暮春 深

过了春分，春天过半。彼时春色尚浓，正是踏青的好时节。

漫山遍野春草疯长，青翠的山色层层叠叠，画家们似乎穷尽了所有的颜色，也画不尽无边的春色。

《论语》里有一段很出名：子路、曾皙、冉有、公西华侍坐，孔子问他们各自有什么志向，曾皙回答说：“暮春者，春服既成，冠者五六人，童子六七人，浴乎沂，风乎舞雩，咏而归。”孔子感叹道：“吾与点也！”

是的，曾皙描绘的暮春是如此美丽：没有伤春悲秋的惆怅，唯有沐着春风歌唱起舞的自在与惬意。这是中国文人内心深处的理想，是一场最诗意的中国梦。

但该来的总是会来的。

随之而来的清明隆重登场，它是春天的最后一场大戏。春雨又如期而至，“万物至此皆洁齐而清明矣”。

清明扫墓是各地都有的传统。借着扫墓之名踏青远足，更是都市人春天里极其重要的活动。在苏州，西南郊外山体横亘绵延，不乏风水宝地，七子山一带一直有很多墓地陵园。每年三月起，上海人常常全家出动来苏州扫墓，顺便去东西山和木渎镇游玩，临走还要带些苏州土特产回去。浩浩荡荡的扫墓大军，通过高速公路、铁路汇聚而来，形成清明前后特殊的苏州景象。

扫墓的祭品五花八门，各家有各家的规矩，但青团子是苏州人家的必备之物。

正宗的青团子，用麦叶苗取汁，经石灰点化澄清后调糯米粉蒸成。糯糯的皮，甜甜的馅儿，碧绿生青，透着莹亮，一口咬下去，清甜扑鼻，香满唇齿。诸多馅料中，最正宗的数豆沙馅，好看不说，还内藏一小块透明的猪油，与细豆沙同嚼，真是说不出的肥美，最好在其刚出笼时趁热吃。

今天的清明节，更像是一次亲情聚会，游子在这一天回归故里，赶赴一场死生契阔的小团圆。

清明时节雨纷纷，路上行人欲断魂。

借问酒家何处有？牧童遥指杏花村。

人们知道极致的春色已接近尽头，于是用极致的亲近去拥抱她。放风筝、挑野菜、簪花喝酒……古人写诗画画，今人拍照晒朋友圈。

春天总是显得短暂，不过是因为我们等待她的心太迫切，而留住她的心又有着太多的贪念。

我们总是期待长久，所以在生命的自然轮回面前计较得失，却有了更多的蹉跎和错过。

其实，若此刻你眼前有一枚花瓣飘落，只需接住她，感受她，不必拥有她。因为，除春以外，还有三季在等着你。

水动风凉夏日长

苏州的夏天是从送走梅雨后开始的。湿漉漉带着青苔味道的空气仿佛一夜间被蒸干，热辣的阳光直接将瓦楞间活泼泼的小草晒蔫，继而原本清凉的弄堂风也裹挟着热浪长驱直入。

又一个漫长的夏天开始了。

一

夏日漫长，原本说的就是心境。

其实那样的夏天属于我少年时的记忆。蝉嘶、蛙鸣，叫蝈蝈在小竹篓里欢唱，午睡被吵醒后慵懒地打哈欠。三五牌台钟走着走着停了，慢悠悠打开后盖上紧发条，再愣神、发呆，再捡起竹榻上读厌的小说，方桌上墨汁干掉的毛笔……那些年度过的漫长暑假，仿佛长到了一种地老天荒的境界。而这些，是今天宅在空调房里捧着手机刷朋友圈的我们再也无法体会的感觉。

母亲喜欢听评弹，一首又一首弹词开篇反反复复似乎永远也听不完。去年，她病重躺在医院，已经没有什么意识。我先生就在手机里给她找评弹，问我放什么，我脱口而出，就《莺莺操琴》吧。我们放给她听，在听到弦索叮咚声的时候，她眼珠转动了两下，我相信，她真的听到了。

弹词开篇《莺莺操琴》唱词：

香莲碧水动风凉，水动风凉夏日长。

长日夏，碧莲香，有那莺莺小姐唤红娘。

“红娘啦，闷坐兰房嫌寂寞，何不消愁解闷进园坊？”

见那九曲桥上红栏杆，湖心亭旁侧绿纱窗。

那小姐是，她身靠栏杆观水面，见池中戏水两鸳鸯。

红娘是，推动绿纱窗，

香几摆中央，炉内焚了香，

瑶琴脱了囊；莺莺坐下按宫商。

她先抚一支《湘妃怨》，后弹的一曲《凤求凰》，《思归引》弹出了倍凄凉。

数阕瑶琴方已毕，见红日渐渐下山岗。

那小红娘她历乱忙：瑶琴上了囊，炉内熄了香，香几摆侧旁，闭上绿纱窗；跟随小姐要转闺房。

这叫长日夏凉风动水，凉风动水碧莲香：果然夏景不寻常。

耳熟能详的调子无数次在我耳中进出，但我一直没有用心听。有一年我突然对评弹唱词感兴趣，便找了很多唱词来读，这才发现，《莺莺操琴》根本就是一个有关夏日情思的MV（音乐短片）剧本。

层次丰满，有镜头感，节奏流畅，远景、中景、近景切换自如，特写细腻生动，人物对白与动作十分传神，最精彩的是首尾回文呼应，全感官、动静态交织地画就了一幅3D夏景。

长日夏，碧莲香，水动风凉夏日长。

二

也许现实的夏天燠热难堪，但心里的夏天，真的就是满眼的碧翠，万物生长，轻风从水面徐来，碧莲荡漾，幽香似有似无，生命一分一秒消耗着，汗水慢慢风干……

母亲常说，心定自然凉。所以夏夜临睡之际，母亲总会关掉电扇，摇几下蒲扇睡去。我不得不像念“芝麻开门”一样念叨着母亲的名言，习得让自己宁静入睡的本事。有时实在睡不着，母亲会让我爬起来用凉水洗把脸，再躺到竹篾凉席上的时候，似乎真的好多了。

虽如此，我还是蛮喜欢夏天的。夏天可以穿母亲用缝纫机给我做的花布连衣裙，被邻居夸赞像小吕宋橱窗里的样品；夏天可以吃煎馄饨，浇上香喷喷的糟油，胃口大开；夏天还可以去观前街西头的人民点心店喝冰冻薄荷绿豆汤……父亲拿了防暑降温费，请全家吃观振兴的紧酵馒头，还有采芝斋门口冻到让人喘不过气来的冰镇酸梅汤，凡此种种，皆拜炎炎夏日所赐。

母亲也经常煮绿豆汤，但她喜欢放百合一起煮，有点苦，我不大喜欢，央求她多放一点冰糖。她说加多了糖就不够清火了，我点点头，心里盼着哪天能再去人民点心店喝绿豆汤，有红绿丝，有冬瓜糖，没有百合。

人民点心店的绿豆汤，清而微甜，不腻，细嚼绿豆、糯米饭和各色果脯，甘甜清爽，喝一口汤，冰水伴着凉凉的薄荷香直抵全身，再是厉害的暑热，也不敌这样一碗“凉茶”。

将绿豆汤比喻为凉茶，可能有些不太合适，因为它是夏季里地地道道的苏式点心。当然，苏州人夏天也有自己的凉茶，常见的是杭白菊，现在大家依然在夏天喝，而如今不见了的一种叫作“青蒿”的凉茶，小时候的我非常喜欢。

青蒿是母亲每年夏天去药店里买的，放置于钵头中用开水泡。泡好的青蒿茶现出一种来自大自然的绿色。放凉后，母亲用纱布做一个圆盖罩着，挡灰。钵头旁边一般放着木制的圆勺，两勺子就能盛满一杯。如今，青蒿茶的味道我已很模糊了，只记得煞是清香，与绿茶、红茶、花茶皆不同，十分提神醒脑，每当瞌睡虫来临，喝下一杯，便可以继续做功课。

三

小时候喜欢夏天的另一个原因是可以在房间里赤脚玩耍。在拖干净的地板上铺张凉席，随意地坐，随意地躺，随意地打滚，这大概是那个年代城里孩子难得的自由吧。坐在地板上看小说，视线略移动，就看见方桌底下的西瓜。每天午后，将西瓜放在网兜里沉到井里，两三个小时后取上来，比现今冰箱里冷藏的要好吃得多。那时有一种做西瓜汁的方法我极热衷，就是把西瓜洗干净，擦干后切成两半。半只西瓜切面朝上放在一只汤碗上面，用筷子从上往下戳几个洞，这样等瓜瓤吃完，汤碗中可以积上小半碗西瓜汁，将西瓜汁倒入杯子里，再慢慢喝掉。

记得那些年的夏夜，全家人坐在小天井乘凉。天井的地面在太阳下山后经井水浇过，已然阴凉。父亲搬出藤椅和骨牌凳，端出晚饭，母亲持着一把不离手的大蒲扇，不时拍来拍去赶着蚊子。仰头能看见星空，虽然只有一方天井那样的夜色，却依旧不能阻止我畅想它的无穷浩渺。饭后父母有一搭没一搭闲聊单位里的人和事，或者下个月的家庭开支预算，而我，等着晚饭后即将登场的冰西瓜从水井里捞上来。

父亲那时在长城电扇厂上班，走路过去也就十分钟的路程。我家的电风扇是父亲自己组装的，选择了他喜欢的颜色。此后父亲精心照料着电风扇，每星期都要擦拭掉网罩上的灰尘。

记得每年入夏，父亲把电风扇从大衣橱顶上搬下来，拆开防尘的布罩，擦拭、上油，调试到几乎没有噪音，用到入秋后，父亲又将它拆开，网罩、风叶，甚至底座，全都擦拭得一尘不染，上了油，装好，罩好布罩，重新放到大衣橱顶上。这两个过程有点像开学典礼和结业典礼，充满了仪式感，也提醒着我暑假的到来与离去。

我家的电扇寿命很长，只是在父亲去世后便没有人再拆装过它。它很忠于职守，替父亲守护着我们，几乎工作到了空调时代才光荣退役。很多年后，我每次看到、听到“长城电扇，电扇长城”这个家喻户晓的广告，都会想起父亲。

父亲的离世也是在夏天，对于那个夏天我一点记忆也没有了，除了与父亲有关的片段。他是自己骑自行车去的医院，后座上挂着网兜，网兜里是脸盆、茶缸、饭盒和几件换洗的衣裳。前后只有三个月，他没能从医院里走出来，甚至，都没能走出那个夏天。

父亲的衣裳始终干净整洁，衬衫领子没有一丝皱褶，西装短裤的裤缝也照样熨得笔挺。他从不打赤膊出门，连汗背心也只在家里穿。记得母亲有时会悄悄说他："你当心又被人说成小资产阶级。"父亲笑笑，依然故我。

那个夏天，父亲是穿着他心爱的藏青色哔叽中山装走的，戴着白手套，黑边眼镜。此后几十年他在我梦里归来，都像是出了趟远门，回来看我，然后过几天又要出发。

那年夏天，我不到十二岁。

转眼我也年近半百了。父亲走后，母亲又陪伴了我三十六年，确信我已经长大后，她才放心地留下我和我的孩子在人世间，自己追赶我父亲去了。不知道他们见面后会说什么，她会教父亲用手机吗？他会给她装电扇吗？母亲一直不喜欢开空调，她一辈子都说着她那句至理名言："心定自然凉。"

我家的青蒿茶，在我们搬离老屋后就消失在我的生活中。我曾将它遗忘了很久，直到这个夏天，母亲离我而去后的第一个夏天。我像一个无助的孩子，擦亮仅有的一根火柴，幻想着所有逝去的时光在梦里重现。

我梦见长日夏，碧莲香，水动风凉夏日长。

补记 我的苏式薄荷绿豆汤

近年来，不断有商家试图复原苏式绿豆汤的美味，凡听说了的，我都会去尝试，竟没有一家是正宗的——从一个本土食客的角度来说，所谓正宗，就应该是当年的苏州味道。

当年苏州最好喝的冰冻绿豆汤在人民点心店，观前街西头，大约是现在美罗的位置。店不算大，门面也普通，印象中是一家国营点心店。人民点心店有哪些好吃的苏式点心我不太记得了，唯独关于绿豆汤的记忆是深刻的。凭着儿时的记忆，我为自己复原了那一碗苏式绿豆汤。

首先，苏式绿豆汤的汤是完全清澈的，每一粒绿豆都刚好熟，有嚼劲，自带甘甜。所以绿豆不能煮，更不能煮开花，而是要在浸泡之后上笼屉去蒸，蒸到恰如其分，圆润饱满。蒸绿豆时要加糖或冰糖，这样蒸熟后的绿豆本身是甜的，它的甜，与汤水无关。

如同咖啡伴侣一样，苏式绿豆汤亦有糯米饭为伴，饭要偏硬些，最好也是蒸熟的，蒸熟的米饭比煮熟的更Q弹。绿豆和糯米饭的比例要合理。饭只需一小瓣，要是放多了，或是煮得软了些，搅拌后的绿豆汤肯定就变身为绿豆泡饭了。曾经买过一杯自称苏式绿豆汤的饮品，里面小半杯都是普通的大米饭，一搅动，汤水马上浑浊，米粒涣散，绿豆也都开了花，这样的绿豆泡饭简直难以下咽，只能果断弃之。

选洁白的瓷碗，盛入两勺蒸熟的、甘甜的绿豆，辅之以玲珑饱满的一小瓣糯米饭，加少许红绿丝、冬瓜糖、一颗金丝蜜枣等果脯食材，再放入一勺绵白糖或白砂糖，然后浇入冰箱中事先冷藏好的白开水，最后放入碧绿生青的薄荷叶，或一两滴食用薄荷油——前者养眼，后者可使薄荷味更浓郁。

一碗真正的苏式绿豆汤呈现在眼前。轻轻搅动，汤清而微甜，不腻，细嚼绿豆、糯米饭和各色果脯，甘甜清爽，喝一口汤，冰水伴着凉凉的薄荷香直抵全身。

半冷半暖秋天

半冷半暖秋天
熨帖在你身边
静静看着流光飞舞
那风中一片片红叶
惹心中一片绵绵

每年十一月立冬时节，苏州才刚有了些秋天的模样：满城的桂花落完了；东山的橘子渐渐转红；狮子林的菊展如火如荼；阳澄湖的大闸蟹也到了最好吃的时候；西山人挑着白果到城里来卖；街头又多了不少糖炒栗子店，翻滚的栗子充满了闯荡江湖的气息，被渐起的西风恣意托到鼻尖。

这是苏州的深秋，我最热爱的季节。

我出生在秋天，真正的秋天。

对苏州人而言，立秋之后迎来的是气温有甚于盛夏的“秋老虎”，只有过了中秋，天气才真正开始凉起来。寒露之后，渐渐有树叶飘落，方惊觉流光飞舞，翻一翻日历，竟然已临近立冬。

这几天落雨了，先是落得敷衍。刷啦啦“一谢”，地都没怎么湿就停了，也不见晴，一会儿又来“一谢”，漫不经心地，正是苏州人说的“秋拉洒”。“谢”字的吴方言读音正是苏州人用来形容一场秋雨的量词，“一谢”，虽然与“一场”差不多意思，但是，“一谢雨”比“一场雨”时间要短得多。

雨落着落着，就认了真，像一场恋爱，谈着谈着，便离不了了，连绵不绝，不依不饶，浸润了整片吴中大地。

这日子，与北方秋天的那种肃杀不同，有些寒意，但更多是舒畅的清凉。如郁达夫感叹过的，江南的秋天“草木凋得慢，空气来得润，天的颜色显得淡，并且又时常多雨而少风……只能感到一点点清凉”。

实则这样的清凉，也不过三五日。这段时间的天气时凉时暖，凉爽了几天，天气就回暖，然后再次降温，再次回暖，如此循环，天也就慢慢冷起来。母亲在世时常念叨一句“一场秋雨一场凉，十场秋雨要穿棉”，便是这半冷半暖秋天的节奏了。

二

这节奏，有点欲迎还拒的小儿女情态，含蓄中带着点娇憨。

秋风萧瑟天气凉，草木摇落露为霜。可是，苏州的秋风是不够萧瑟的，如同苏州人温暾的性子。大多时候，仲秋与深秋的日子都宜登高，天高云淡，清风疏朗，比短暂的春天更适合郊游。

在今天，秋游不是什么大事。逢到周末，开上私家车，带了野营帐篷，找个湖光山色的去处，钓鱼的钓鱼，烧烤的烧烤。而对于小时候的我而言，秋游和春游是一年中仅有的两次放飞。学校组织的秋游多半是爬山。灵岩山、天平山、天池山、花山……所游之处都是那时苏州的远郊。租大巴不是常态，有时是要靠走路的。记得有一年去天平山，大家一起坐公交车到最末一站，然后排好队“行军”，步行了两三个小时才走到天平山，不少女孩子差点当场哭出来。

所有的孩子都喜欢秋游，因为可以在书包里备好食物，彼此分享。零食吗？你想多了。那时我们秋游带的是正经的午饭：两只馒头，或包子，或干面包，一水壶开水，也许可以加两个跟父母央求来的鸡蛋；幸运的时候，也许还会有一块巧克力。能带上这些食物的孩子满脸写着骄傲，巴不得把书包打开给大家瞧；也有家里穷困的孩子，只是带了一饭盒隔夜饭，就点榨菜。但不管怎样，在那个没多少机会旅游的年代，终于能秋游的我们，是多么盼望这样的“远行”呀！

我和我母亲一样，不喜穿袜，才入夏便喜欢打赤脚，一直到入秋。入秋以后，母亲见我还一双凉拖进进出出，就正色道：“寒从脚下起，入秋了，要穿袜子。”我瞥一眼她老人家也光着的脚，挤挤眼睛答道：“对啊，该穿袜子了。”然后，我们两个都继续光脚。

母亲不仅不爱穿袜子，连手套、帽子和围巾等，一概能免则免，嫌它们累赘。想是她一辈子都向往自由自在的生活，向往来一场说走就走的旅行，向往可以无所顾忌、没有羁绊的快意人生。到了知天命的年纪，我才明白自己对秋天的喜爱，原来跟母亲如出一辙。

二

这向往，是潜藏在心底的小脱兔，在秋天这样最江湖的季节，最易跳出来张望远方。

天要“作冷”哉。小时候听到母亲对父亲讲这句话，我就知道，周末要“翻被头”和“翻箱子”了。

“翻被头”是“前床用时代”家务活的一场大戏。那时连被套都还没发明，更别提什么三件套、四件套了。床单是棉布的，纯色或条纹和格子，如果家里有一床印花床单则被视作宝贝。被子是手缝的，选新一点软一点的棉花胎（旧一点硬一点的棉花胎当作褥子用），底下铺上夹里，也是棉布的，上面再铺好被面，然后把夹里包到正面，搭住被面，用白色的棉纱线穿了缝被子专用的粗针，将被面、棉花胎、夹里共三层缝到一起，四个直角处要折成45度的对角线叠好，缝出来的被子才周正好看。

被面是最有讲究的，普通的用花布，上好的则是真丝，甚至带有刺绣的锦缎。也有中间档次的，是一种看似丝绸，实际非真丝的线提被面。若谁家嫁女儿，邻居阿姨要争先去看一看被子，四条、六条，或者八条，而被面的材质，代表了嫁妆的体面标准。说来也奇怪，被面于婚事至关重要，于丧事也不可或缺。谁家有人去世了，吊唁的亲友送来被面，一条条悬挂在灵堂两侧，贴上白纸写的奠字，竟颇为壮观。

“翻箱子”是衣裳换季必做的功课，是体力活。秋衣和冬衣被母亲很有序地收纳在不同的箱子里，三口箱子上下垒在一起，最底下的是一口半新半旧的樟木箱，用以放置最贵最好的羊毛衣服，可以防霉防蛀。父母合力将箱子一个个抬下来，平放到地上，打开锁，母亲将需要的衣服一一取出，再把夏天的衣服收进去，箱子按原样再垒上。

箱子被打开时，樟脑丸的气味满屋子乱窜。我喜欢凑上前去，猜想箱子里藏了什么惊喜。母亲把我赶开，嗔怪道："有啥好看的，又不是西洋镜。"

樟木箱里是不用放樟脑丸的，一打开，就有天然好闻的香樟味扑面来。从里头拿出来的衣裳也仿佛熏了香，其品质高出其他衣服一筹。后来我们不再住老房子了，换季时也再不用"翻箱子"，但是，母亲依旧保持了每个季节整理一遍衣物的习惯，似乎只有这样才叫过日脚。

再后来，母亲的意识越来越模糊与混乱，时常一遍又一遍地整理她的衣柜，找她找不到的东西。衣物变得无序，母亲变得焦躁。但是，母亲还是会抬头望望窗外透过云翳的阳光一遍遍叮嘱我："冷哉，出去多着（吴方言，指穿）点。"

母亲走了，老樟木箱还在。每次打开它，闻到的都是"翻箱子"的味道。

这味道，似乎是一串基因密码，永远不会消失，有它在，生命才不觉越来越孤独。

三

"春女思，秋士悲"，自古文人写尽了伤春悲秋的诗词。可是，秋天不是只有落木萧萧，还有橙黄橘绿，硕果累累。秋意浓处，人间其实是温暖的，是值得的。

前几年买碧螺春认识了西山果农老陆和他勤劳朴实的家人。每次去他家，陆嫂麻利地烧出一桌农家鲜味，太湖三白自不必说，草鸡汤更是一绝！一年四季，老陆家承包的果园里，枇杷、橘子、白果、栗子、石榴，样样都可以现摘了吃，比起春天去采茶，我更愿意秋天去摘果子。有时我没空去，老陆便坐了公交到木渎，再转地铁，辗转两三个小时，把水果送到我家。

今年夏天的时候，我家的橘子树死了，想换一棵枇杷树，跟老陆提了一下，他便记住了。临近立冬，他专门为我们嫁接好一棵枇杷树，顺带再饶了一棵石榴，叫我们去拿。

吃罢陆嫂忙了一上午准备的午饭，我将两棵小树苗扛上车，老陆又搬出一袋袋准备好的橘子、白果、野荠菜和杀好洗干净的草鸡、白鱼，硬塞进我们车里。

诗经云："投我以木桃，报之以琼瑶。匪报也，永以为好也！"每每这种时候，我才真的懂得了什么叫作朴素的情感。

秋叶静美，正是因为种种的不计较。这不计较，有着翩翩君子的磊落和坦荡，呈现给世界历尽繁华后的成熟。秋天的果实，无论甜、酸、大、小，全都是最真实的样子，毫不做作。

"一年好景君须记，正是橙黄橘绿时。"我想，所有咏秋的佳句，都不如东坡这两句懂秋天。

苏州的冬天

小雪怡情，大雪成灾。在天气预报愈加精准的今天，落雪这件事得以被预知，难免少了惊喜，多了焦虑。其实在我儿时的记忆里，苏州的冬天一直是有雪的，而且真的很冷，冷到北方来的朋友待上两天就想逃回去。

暖冬是从什么时候开始的呢？

一

我出生在苏州观前街，1999年，观前地区大改造之前，我还能找到我曾经住过的那间房子的窗户，就在叶受和旁边，临街的二楼，楼下是旗帜礼品店，也是开了许多年的老店，大改造时被淘汰出局。对苏州冬天的最初印象，还是三四岁时，我站在临街的窗边，确切地说，是姐姐扶着我，站在窗边的骨牌凳上看雪景：那时候观前街并非步行街，但车辆稀少，走路的和骑自行车的构成了熙熙攘攘的人流，雪后惨白的街道上，裹成粽子、匆匆疾行的人们来来往往，不时有自行车滑倒在地，我便数着一下午滑倒的个数，不知不觉过掉了记忆里最初的冬天。

童年是漫长的，似乎占据了我人生的一大半，而余下的从少年开始的岁月，却过得太快，快得惊人。所以，我有大片大片如同漫天雪花那样的回忆，静静落在童年的光阴上，渐渐积淀，一寸寸丰满。

母亲说起过，她小时候的苏州更冷一些，每年腊月河水都结成了冰，开春后才会解冻。那时候家家户户用马桶。这是一种江南特有的生活用品，因为古时候马桶也被用来生孩子，故又把它叫作“子孙桶”。马桶每天是要拎到屎坑棚去倒掉的，然后再拎到河滩头刷干净。母亲是家中老大，十几岁就承担了家里的这项家务活。冬天河水结很厚的冰，刷马桶得先把冰敲碎。敲冰一般用洗衣服的棒槌，有时棒槌都砸不开厚冰，便要去找石头或砖块帮忙。到了我小的时候，自来水在苏州城已经很普遍了，去河滩头洗刷马桶的情形便不多见了。但冬天的河水还是会结冰的，相比从前，冰层更薄了，孩子们喜欢往冰层上扔石头玩，调皮的孩子还会把冰片捞上来。那冰片像一块玻璃似的晶莹剔透。

住老屋的时候，一落雨，椽檐滴滴答答就如同断线的珍珠，一旦落了雪，银色的厚厚的雪线与漆黑的檐线画出特别好看的弧，像空中的五线谱，也像极了商店橱窗里让人垂涎欲滴的奶油蛋糕。第二天雪停了，太阳出来了，“奶油”便顺着椽檐往下挂，冻成一条条透明的冰凌，尖尖的，如利剑般森寒。母亲每每在这样的早晨拉开窗帘便说：今早冷得结棍个，着丝绵棉袄吧（吴方言，指今早冷得厉害，穿丝绵棉袄吧）。

母亲所说的丝绵棉袄，苏州人大多都有一件，还特别宝贝，只有最冷的那段时间才会穿它。丝绵也的确暖和，穿着又不显臃肿，只是穿两三年就要翻一次，有点麻烦。翻丝绵有专门的店铺，在那些师傅手里，轻如蝉翼的丝绵就像从天上摘下来的云翳，一层层柔若无物。重新翻过的丝绵被装回棉袄壳子里，用针线固定，却还看不出针脚的痕迹。很多年后，为了给母亲的一件旧丝绵棉袄翻新一下，我找遍了苏城，终于在东港新村找到了一位会翻丝绵的阿婆。拿回的棉袄母亲并不满意，从此开始慢慢接受羽绒服。

二

江南的冬天是没有暖气的，屋里屋外的气温并不会有大的差别。晚上睡觉要盖两床棉被，棉被被母亲卷成个筒，在脚跟头折一段进去，上面再压上毯子或身上脱下来的棉袄、毛衣、毛裤。临睡前，烧上一壶开水，灌在汤婆子里，外面罩一个棉布套子，以免睡着了被烫伤。汤婆子是铜做的，圆圆的形状有点像南瓜，有盖子，还有弧形的拎手，保暖性非常好，一夜睡到天亮起来，汤婆子里的水还有点温热，把水倒进盆里，母亲便用来把晚上用过的洗脚布搓了，晾到天井廊檐下的竹竿上去晒，倘遇到阴雨天，又在零度以下，不出一个钟头，那洗脚布就冻得像块笋干一样，硬邦邦的。

冬天最怕的要数早晨起床了。要抛弃睡得暖暖的被窝，然后把胳膊、腿伸进冰凉的衣服里，想想都很可怕。数九寒冬，早晨的屋里也不过二三度，怕冷的小孩子免不了要赖床。母亲每每头天晚上就把我的毛衣放在两床棉被的夹层里，第二天有一些温热，然后趁我不备一把掀开被子，把我的双腿塞进毛裤里。在我哇哇乱叫的时候她正色道：“穿得快才不冷，你越磨蹭越冷。”

我印象里小时候冬天要穿三件毛衣，再加棉袄，棉裤我是坚决不穿的，所以毛裤也要穿两条，这样的冬天如何教人爱得起来？不仅人如此，自来水管子也得提前一个月用布条子包裹起来，不然一旦降温冻住了，没有连着几天的太阳不可能解冻，甚至可能直接把水表冻坏。父亲是个很仔细的人，这些事，不用母亲提醒，他便早早做好了准备。

遇到大雪，父亲就用自行车送我去学校。我所在的小学从家出发步行也就十分钟的路，但我很愿意坐他的凤凰牌自行车，这辆车每星期都擦拭一次，保持着乌黑锃亮的新车质感。有一次，父亲在雪中把我送到学校，到校门口时，我突然发现我的书包忘记拿了，父亲二话没说，转头就回家去给我拿书包，让我在校门口等着。我记忆里那场雪特别大。那个冬天以后，关于父亲的记忆就越来越少了，而他消失在大雪中的背影也越来越模糊……父亲是在夏天走的，那年我小学毕业。也许，我的潜意识里，一直是在等他下大雪的时候回来，就如同他仅仅是回家去拿我的书包。

三

苏州的冬天是从什么时候开始成为暖冬的呢？是否就是从我的手上再也不长冻疮开始的？

记得小时候到了冬天手脚都会长冻疮，我还好，一般冻疮只是发红，有点痛，遇热又痒，特别是小手指侧边，写作业时总是在冰凉的台面上磨来蹭去，冻疮总也好不了，反反复复。班里有些同学的冻疮是很严重的，破了，出血，裂着口子。女同学大多会用花手绢把手包起来，手绢里还夹了棉花，因是常态，互相都认为很正常，倒是免不了要暗自比一下，谁包冻疮的手绢更好看些，似乎在围巾和滑雪帽之外，还多了一件可以用心挑选的饰物。而男同学就马虎了，一般不戴手套，围巾也很少戴，雷锋帽比较普遍，他们有些不仅手脚长冻疮，耳朵和脸上也长。打雪仗的时候，大家则都忘记了疼。

二十世纪九十年代开始，渐渐有了电取暖器和空调。说来也奇怪，空调时代开启之后，苏州的冬天也真的越来越暖和，越来越多的外地人定居苏州后感慨道：苏州这地方很少下雪啊！

父亲离开之后的三十六年里，我和母亲搬过很多次家，先是我跟着母亲搬家，后来是母亲跟着我搬家，住遍了苏州城的东南西北。而我关于苏州冬天的记忆却愈加的淡薄，似乎少许的几帧，都定格在了大雪纷飞的片段，有北寺塔，有上方山，有金鸡湖，有公园路，有阳澄湖……年近半百的我，忽然心生疑惑，苏州的冬大，真的如此风花雪月、良辰美景么？

母亲也走了，没有看见今年的大雪。她与父亲团聚的那个世界应该不会寒冷，亦不会下雪。

时光静默而缓慢，落雪无声，只有我击打键盘的声音。这个冬天，像一段老旧的默片，没有对白。

女儿留学美国，先是在加州，几年没有过过冬天，她说，好想念四季分明的苏州啊。于是，她选择去了四季分明的纽约。苏州这两天下大雪了，我发了雪景的照片给她看，她说好美啊。可我知道，苏州的冬天于她已经遥远与陌生了。那么，于我呢？

重回桃花坞

五年前，我曾因为一次采访而回到了阔别近廿年的母校，在那幢我为它搬过砖头却没能待过一天的教学楼里找到了读一年级时的班主任陶老师。老师说，学校的旧宅已经落实政策还给了产权的主人，唯一剩下的就是一幢二十世纪八十年代初建造的教学楼和后面缩小了一半的操场，而学校的招生规模也随着占地面积的减少年年下降。

桃花坞176号——它东侧高耸的院墙和蔓延壁上的青藤似乎在告诉我，这深锁的费家老宅已经永远阻隔了我与童年时光的心灵之约。

这样又过了五年。

终于有一天，我竟会在桃花桥边迷了路，这让我着实感到了惶恐不安。无论怎样，那曾是我走过千遍万遍的地方啊！桃花坞怎会有这么开阔的马路？桃花桥弄宽宽展展又要通向何方？纵然有崭新的宫灯照耀夜晚散步的行人，有花有酒的唐寅也认不得回家的路啊。

我闭上眼，依然是那一片慵懒静谧的暮色，背着绿色帆布书包的我们排着队从新华小学敞开的六扇墙门里出来。那时上学、放学没有哪个孩子是父母接送的，老师根据每个学生离家的远近为我们设计好固定的队伍，记得离得最近的一个女孩，家就在学校斜对面，她排在第一，总是一眨眼就进了家门。我是路远的之一，在队伍的尾巴上。但东西两支大军每每一到廖家巷口和西大营门巷口便作鸟兽散（应该是因为出了老师的视线），小伙伴们勾肩搭背、蹦蹦跳跳只一会儿就没了踪影。

二十世纪七十年代末，正好是物资匮乏、百废待兴的几年，我记得一路上店铺是很少的。在廖家巷口好像有一家“烟纸店”，山楂、橄榄什么的太贵，我们多半只买得起俗名“老鼠屎”的盐津枣。一粒盐津枣放在舌头底下，滋味慢慢随着唾液沁上来，那是很好的享受呢。廖家巷对面的新善桥那时被大家叫作铁栏杆桥，桥堍有时会有担头在卖“净糖”（吴方言，指饴糖、麦芽糖），那糖清亮透明像琥珀，用三根细竹棍一挑，再一卷，一分钱换一坨，捏着竹棍，一手一根，一手两根，8字形地绕，速度要快，绕到糖变成乳白色，变硬，再一点一点吃掉，如加了红的色素，绕出的糖就呈可爱的粉红。去年我在观前文化商城见到过表演制作“净糖”的艺人，买糖的都是牵着孩子小手的像我这个年纪的男女。孩子则多半无甚兴趣，两口就吞了这一团甜东西。

铁栏杆桥的南面，就是桃花坞下塘。如今，铁栏杆桥虽然改换成了石桥，但两侧垂柳依依，仍旧是昔日下塘的韵致。听母亲说，她少时曾在那里住过几年，外婆经常蹲在桃花河边洗头。我总是想，那长长的青丝在落日的余晖里轻舞飞扬该是多诗意的一幅淡彩！那时的清流，一定阅尽了世间人面桃花的妩媚。

我舅舅也在我曾经上学的地方读过小学。母亲回忆说，1949

年前，那学校的名字好像叫作“士联小学”。掐指推算，舅舅读书的时候应该是二十世纪四十年代末吧。据说，再早些年，是一户姓赵的人家从上海回到苏州，买下了费家的宅子。1945年，费巩遇难的时候，这宅子有一半已经用来开办了小学校。

说起来，这费家的宅子似乎天生蕴藏着一身傲骨正气。费巩早年投身革命，为国捐躯，而他的父亲费仲琛反对袁世凯称帝，辞官回乡居于此地。有传说费宅曾是唐寅故居，虽然不曾得到证实，但费宅的后世主人到底还是承袭了“不愿鞠躬车马前”的遗风。而赵家买下宅子后就开始兴办教育，前三进改作校舍，第四进自家居住，原本第四进之后还有三进房子，是后园的堂楼，据说不等新主人搬来，临时看管宅子的人粗心大意，一场大火将三进房子烧为灰烬。后来，就成了我们学校的操场。

二十世纪四十年代，很多中共地下党员曾经隐蔽在学校里，他们从上海转移到苏州，在赵家的小学任教。而那个把他们领回自己家中的新女性，正是赵家的小姐。那时，宝易堂的琅琅书声里，饱含了一代新青年的生命理想。

投身革命的赵小姐做了一辈子的老师，有时她也会回桃花坞，看望仍住在第四进房子里的弟弟。面对一批批踏破门槛的记者及仰慕者，年逾古稀的赵老先生已不愿再多说什么了。赵师母可能觉得不好意思怠慢访客，于是悄悄拉着我绕出边门，开启了尘封多年的朱红色的六扇墙门。

我的心跳在沉重的木门“咿呀”那一刻蹿到了顶峰，不知为什么，突然胆怯得不敢迈过那道阔别了二十多年的门槛。什么是往事如烟？什么是物是人非？什么又是触景生情？空旷的老宅、清冷的厅堂、伶仃的圆柱、茂密芜杂却翠绿满目的庭院啊！我一闭上眼睛，就能听到门房的上课铃声响起，叽叽喳喳的声音渐渐换作一个小女孩稚嫩的朗诵。

那就是我！我站在正厅宝易堂的北墙边木板搭建的主席台上，我发言、我领奖、我跳舞、我朗诵、我毕业……

我睁开眼睛，破旧的主席台与所有热闹的声音一齐在瞬间退去，一干二净。我的眼眶湿润了。

也许是第一次，我如此细致地瞻仰着这座宏大精美的古建筑的每一处细节。我们曾在大厅的柱子间拴上牛皮筋跳《打靶归来》；我们也曾在坑坑洼洼的园子里扔沙包、跳"小山羊"；我们听说过唐伯虎住在这里的故事，只是心生怀疑，那几进破陋的小楼，如何藏得了"九美"的歌声？

站在曾经的教室前，我举起了数码相机，白光一闪，竟惊起了枝头酣睡的鸟儿，"呼"地一下，它们飞过了墙头。

我想起了陶老师，那时她就站在这里的讲台上，教我们念"ɑ、o、e"，洋溢着青春气息的脸上似乎故意覆上了一层威严，一点不像后来我再见到的中年时的她那般温婉而亲和。陶老师是时尚的，在那个年代，我们最喜欢看她下雨天打着一把可以折叠的花伞袅娜而来，在当时的这座古宅里，那是一道前卫的风景，装饰了多少小女孩的梦。

"我去看看老师吧。"我对赵师母说。

"学校停办好几年了，你不知道？"她很讶异地看着我。

……

我还是去看了看操场上后造起来的那幢教学楼，空空荡荡的，残缺的玻璃、课桌椅的“断腿”躺在积满灰尘的地上，看楼的外来务工人员似乎已在这里住了很久了，横七竖八晾了很多衣裳。楼前一树石榴花火红地绽放着，楼后野草疯长了有一层楼那么高……

“走吧。”我对赵师母说，也对自己说。

“房子卖给台湾人了，等以后这里建成会所，对面沿河的房子都拆掉，都弄好了，你再来吧。”站在桃花坞大街上，赵师母笑意盈盈地朝我挥手道别。

那六扇墙门再一次把我的童年锁了进去。我想，当它重新开启的时候，一定会有一群群的“桃花仙人”竞相来这里寻找浪漫与快乐。也许，我会在这里，在姹紫嫣红的芳菲里，和我的老师、同学惊喜相逢。

补　记

这样又过了十二年。重读这些文字时，心里遏制不住强烈的渴望：我要去看看！然而，在从北寺塔走入桃花坞大街开始，我就紧张得手心里冒汗。

我希望见到什么？如同游子归乡一般，我逐渐加快匆匆的脚步，直到那六扇斑驳的木门出现，直到院落深锁、枯藤依旧，直到从木门破孔中望见已经颓败不堪的庭院。

其实还是十二年前的样子，更破旧些罢了。我没有叩门，也没有向任何人打听。没有惊喜，却也没有伤感。

我知道，见或不见，它都在我心里。我从未走远，它从未改变。

荷花场8号

“妈妈，我上了中学，就会和很多小学里的朋友分开，一想到我可能会失去他们，就觉得很难受。”

“你也许会失去一些朋友，但也会交上很多新的朋友，所以你不用担心。”

“没有永远的朋友吗？”

“也许有，但不一定。”

“是不是世界上没有什么事可以是永远的？”

“也可以这样说。但是宝贝，永远其实是在你心里的。”

这是我和女儿曾经的一段对白，说到最后那一句话的时候，我几乎泪水盈眶。

二十年前的那个夏天，我搬家了。

那次是我生命中经历的第二次搬迁。

我出生的时候，我们家在观前街老店叶受和邻近的楼上，好像是我五六岁时的光景，因为要找个离父母工作单位较近的住所，所以我们一家就搬到了桃花坞以北一条叫作“荷花场”的小巷子里。那是一幢青砖的小洋房，有院有厅，住了七八户人家。一进前门就有一个院子，有一些树，但更多的是各家晒衣服支的架子。长得最高的是一棵桑树，树下围了竹篱笆，筑着一个小小的鸡棚。大家经常进出的实际上是这座宅子的后门，两扇木门上包着铁皮，已经锈迹斑驳。后门内有一口井，井栏是方的，井不深，但水特别清澈。

离开的那一年，我十六岁。就在门口的碎石子路上，我毫无留恋地告别了在那里的十年光阴，如释重负般奔着新生活去了。现在想来，那不仅是因为要去住新村的楼房了，也因为我同时还转学到了一所心仪的学校。

我没有和谁告别，就匆匆走了，一走，二十年没有回去看过……二十年中我搬的家不下五六处之多，可唯独荷花场老宅的模样一直萦绕着梦境。

二十年后我才知道，无论我怎样试图遗忘，我在那里度过的童年和少年时代，那老宅的种种，注定是我人生中一个不能跳跃的片段。

那天有些闷热，当我汗津津地找到那幢青砖洋房的时候，我吃惊于自己竟连大门的位置都不能确认了。墙外累累赘赘搭建的简易棚屋几乎贴到了对面人家的阶沿，如果没有一眼望见里头那口方栏圈的水井，我凭什么还能找到我曾经的家？我正犹豫着是否进去，这时门口歪在竹躺椅上的女人斜着眼睛瞅了我两下，我忽然意识到，自己对于这座宅子而言，已经是个可疑的生人了。

我是特意去的，所以我还是决定要进去看看，哪怕从今往后再不来了。

我家曾住的三间房子在后院，相对独立，还怀抱了一个自己用的小天井。夏天吃晚饭就在天井里吃，四只骨牌凳一拼就凑成了一张矮桌。幽幽的弄堂风吹来，蒲扇都可以扔到老远。而眼前呢？搭建出来的卫生间占据了天井的三分之二，毛坯水泥糊墙，好几种不同颜色的玻璃钢瓦盖顶，仅留出的一小方空隙，还让一台凸出于卧室墙外的窗机分去了一半。

二楼是我那时不常去的，但从一楼后门的公用天井往上看，有一座很漂亮的天桥通往晒台。一次夜里乘凉的时候，听说有邻居在晒台上讲鬼故事，我去凑热闹，结果下楼的时候差点一脚踏空。

天桥犹在，这对我是一种安慰。

这时，一位中年妇女走下楼来，我觉出了她的面熟。几句话交谈之后，她竟叫出了我的小名“毛毛”——现在几乎已经没有人叫我的小名了。我也记起了她，房东姚师母的儿媳，那时宅子里老老小小喜欢称她为“新娘子”。

我遍寻了所有可能唤起记忆的角落，直到答不上自己寻找这些的理由。终于，我问“新娘子”：“前院那个叫小昕的女孩你记得吗？”

“我记得啊，头发硬硬的、卷卷的，那时她爸在昆明插队的。”她说。

除了同学，小昕是我儿时几乎唯一的玩伴，我们两家房间之间仅隔着一道锁死的木门，我们时常轻敲那门板，用自己的联络暗号接头。

小昕几乎是在爷爷奶奶家长大的，后来父母离了婚。她离开苏州后，在昆明生活过一段时间，又在安徽的寄宿学校读中学。

这些，是后来我们见面时她告诉我的。那年我好像已经大学毕业了，而她正在办去日本的出国手续。我至今不知道她是怎样找到我的，我们聊了没多长时间，彼此似乎都有些拘束，说话也小心。她个头很高，头发还是卷卷的，扎成两把。她说了她这些年的经历，说得很轻松，末了告诉我："其实我在哪里都没有家的感觉，所以去哪里都可以。"那时，她父亲已经在日本重新安了家，正要接她去。

现在想来，她千辛万苦地找到我，一定不是只为了说声再见。可是，那时的我，轻描淡写地就结束了一场并不容易的重逢。也许，是我对新的生活投注了太多的热情，而对于曾经的人和事，少了一份眷顾与珍惜。

岁月是什么？是过尽千帆的一种流逝吧。很多美好的感情就是在不经意的消耗中无疾而终的。那些你以为还在的并且一直都在的东西，其实都在点点滴滴地流逝着，而且永不再来……

我始终不能体会那种在一座房子里一住就是四五十年的感受，虽然我遇见过很多这样的老人。他们一辈子都在同一屋檐下看日月星辰的变换，每一次梅雨过后，把箱底老旧的珍藏放到太阳底下晒晒，然后再一一放回去。于是，他们家里的东西越来越多，堆在楼梯角或是小阁楼上，而他们在家的孩子却越来越少，一个个搬到新建小区的那些楼房里去了，但自己还是欢喜守在那里。比如姚师母——"新娘子"的婆婆。在她拉着我的手端详半天后终于认出我来时，我从她脸上读到了一种有甚于我的兴奋。坐在藤椅上的她，记忆清晰，思绪严密，如数家珍地把几十年的光阴里关于老宅的种种细节一一道来，包括她和我的母亲曾经是小学时候的同学。说来也怪，我竟并不觉得那些陈年往事繁复而琐碎。

在听过鬼故事的那个晒台上，我惊讶地发现从那里还能望见高耸的北寺塔。姚师母说，一直都是可以望见的，只是你那时没有留心。

变与不变，真的是相对的；永远也真的就是在你的心里。

告辞的时候，“新娘子”把两包喜糖塞到我手里：“我女儿上个月办的喜事。记得她吗？你搬走的时候，她四岁。”

是啊，印象里当年门前的石子路要宽很多，长很多，或许是二十年前我心里的世界要小很多吧。

补　记

童年，是人身上无形的胎记，只有你自己知道它的存在与永恒。

我们可能是最后一代纯粹的老苏州，因为在我们之后出生的一代，打小就开始讲普通话，甚至英语，他们还没学会走路就开始接触苏州以外的世界。越来越多的人来到苏州，慢慢成为今天已经超过老苏州人口的新苏州人。于是，我的童年和我童年时的苏州渐渐定格为一张张黑白老照片，随着时光的流逝而泛黄。

童年时的苏州非常安静，人民路是最宽、最热闹的街，铺着人字形的石板砖，1路公交车从火车站到人民桥，最短路程票价3分钱。

童年时的苏州街巷很窄，没有高楼，察院场路口的邮政大楼是标志性建筑，我一直以我姐姐在那里工作而特别自豪。

童年时桃花桥堍有家点心店（现在没有了），是我上学路上必经的，一碗小馄饨两只鲜肉汤团是标配，如果时间晚了怕迟到，便改成两只糍毛团边吃边往学校赶。

童年时住在观前街，下楼就是叶受和与采芝斋。我最爱吃的是观振兴的紧酵馒头和群众饼馒店的生煎包（这家店原来在邵磨针巷，现在没有了），曾经的人民点心店，夏天卖的冰镇绿豆汤最是经典。青少年时代的我每次去观前街新华书店买书，实际上不过是一个“吃货”的文艺托词。

（苏州好吃的东西太多，只能打住。）

童年穿的衣服基本都是妈妈做的。邻居们说，你妈做的连衣裙可与观前街小吕宋橱窗里的媲美。一台缝纫机，一踩就是几十年光阴，从大人旧衣服改制的马甲，到碎花棉袄和的确良衬衫，再到后来形形色色的真丝绸缎裙装。毛衣也是妈妈织的。全家人的毛衣，轮流翻新，件件时尚，妈妈整年整年的夜晚都在毛衣针的舞蹈里飞过。

童年时看电影要去观前街的北局，那里有开明大戏院，还有大光明和新艺影剧院。但我常去的却是离家很近很近的林机礼堂。那是苏州林业机械厂的大会堂，每天为周边市民放电影。林机礼堂旁边就是著名的唐寅故居，也叫双荷花池。

本文写作的那一年，这些都还在的。只是由于时间紧促我便没有造访。总想着以后再去吧。直到十二年后的今天，当我再次穿越时光的隧道回到童年，我发现，闭上眼睛的记忆远比眼前所见更清晰，而眼前岁月的印痕已淡到几乎找寻不见。

从我住过的那条小巷穿出来，惊讶于眼前规模宏大的一处在建别墅区，高墙大宅，门禁森严。要不是原址新建的苏州昆剧院矗立在前，我就真的迷路了。再三打听，林机礼堂已经与林机厂一起被拆迁了，唐寅故居、双荷花池，以及唐寅祠堂准提庵都与别墅区融合成一体。听说，唐寅故居重修后会再现当年“桃花仙人种桃树”的怡乐美景。

真的只能以后再来了。只是不知道唐寅多了那么多富贵乡邻，几多欢喜几多愁呢？

当时只道是寻常

今天是我五十周岁的生日，苏州这座与我生命相融的城市，陪着我一起度过了半个世纪。我所认识的她，就是这半个世纪的模样。我先生一早问我打算怎么过生日。我说吃碗苏式生日面吧！但在这之前，我要去荷花场8号看看。

是的，那座承载了我童年和少年时光的老宅，是我梦境中总也挥之不去的家。2004年那次回访之后，我竟一直没有勇气再次走进那扇大门。2016年，我曾靠近它绕行了一圈，终究没有踏入半步。房东家的女儿若瑛大我四岁，是我儿时崇拜的小姐姐，别后多年在美罗商厦偶遇，我俩都已届中年。最近，瑛姐在朋友圈发了荷花场8号重新装修后的美图，我才知道她今年带着年迈的父母搬回去住了。那些照片鼓励了我，我终于决定在自己五十岁生日的这一天，去回溯一段尘封的旧时光。

荷花场还是那条约莫三十米长的小巷子，它曾因荷池得名，如今却在重重叠叠违章搭建的民房中将息着。瑛姐回忆说，这幢两层的民国青砖洋房有近百年历史了，是她当时在上海打拼的爷爷置下的家业，让奶奶带着两房儿孙住在苏州。

瑛姐的父亲就出生在这里，从孩童长成青年，然后当兵去朝鲜打仗。后来，他们全家被下放到苏北农村，瑛姐跟着父母从苏北回到苏州时，已经是个快要考高中的大女孩了。我就是在那个时候认识了瑛姐，虽然因为落实政策，搬走了一户人家，腾出了两间房子给瑛姐一家住，但那时的这幢民国青砖洋房已然是“七十二家房客”的大杂院了。再后来，瑛姐和她父母搬离了老宅，和很多老苏州一样，住进了现代化小区。

住回内部装饰一新的老宅安享晚年，是瑛姐父母最开心的事，即使今天的老宅已被划割得支离破碎，即使那些再也回不来的部分终究搭不成昔日完美的家。八十多年兜兜转转后归来，瑛姐父亲对一砖一瓦都是爱惜的，他嘱咐女儿只可重装室内，青砖洋房的本色必须保留。瑛姐叹息：“我爷爷不是名人，只是普通人，所以这房子至今挂不上‘苏州控保建筑’的牌子。”

忽然想起多年前参观一个历史博物馆，在一只残损的旧朝瓦罐上，歪歪扭扭的文字清晰记载了一户农人“日出而作，日落而息”的生活。看到那些文字的刹那，光阴仿佛真的流水般从我的指间淌过，还掺着活生生的呼吸与体温。刹那间，一条时光隧道忽然洞开。

我喜欢这种感觉。

我的记忆力突然惊人地大爆发，回忆出了当年的许多人和事，又巧遇对门院里的一位老邻居，听他讲起荷花场几十年间一家家的光阴故事。借着想象的翅膀，我的思绪跳跃在这几十年间：水井已经枯了，坏了；老人很多走了，不在了；孩子长大了，闯世界去了……出国的，下海的，嫁到香港的，蹲了监狱的……浮浮沉沉，普通人家的故事也是如此跌宕起伏。

其实，平民故事的精彩并不输于名人。譬如这座老宅，曾是医院，也曾是地下党的印刷厂，有房东一家的酸甜苦辣，也有七十二家房客的悲欢离合。此刻，瑛姐的伯母——我2004年回来寻访时见到的姚师母——正安安静静地坐在自己房间的方桌旁，见我进来，以满面和善的笑意相迎。我扫视着她的房间，与2004年，甚或是我儿时记忆中的房间几乎没什么差别，只是多了一个搭建在卧房里的小小的卫生间，有了抽水马桶。

她保养得极好，灰白的短发梳得整整齐齐，皮肤细嫩白皙，无论如何看不出已经九十高龄。眸光是平和清淡的，似乎世界就只有眼前的方寸之大，外面的繁华喧嚣都与她无关。

姚师母记性也极好，她不仅记得我，也记得我父母亲的样子。望着她，我仿佛望见了这座城市刻在她个人年轮中的痕迹，就算近乎百年，就算平淡一生，亦未失去那份与生俱来的从容。

此时我忽然忆起小学时的陶老师，她桃花一样的俏脸，衬着乌黑的卷发，打着尼龙花伞——那种在二十世纪八十年代从香港带过来的花伞——举手投足间一派江南情韵；又念及我初中时的韦老师，他是一个目光如炬的男人，写得一手好板书，在讲台上转身的时候露出华尔兹的步伐；再有我高中时的陈老师，她虽纤纤弱弱，温婉如大家闺秀，有时却调皮可爱，她说，兵马俑里个个都是高仓健，这句话竟让我记了一辈子。

每一个生命都是独特的，每一种人生都能绽放，或绚烂，或静美。作为本书的结束语，我想说，所有普普通通的苏州人，包括我，我们就是苏州。

后记

人到中年之后，记忆里的时光经常发生倒转，那些睡着了很多年的往事在一个个不经意的瞬间碎片化袭来，有些清晰如昨，有些经岁月洗礼，成了模糊的瘢痕。

我有些坐不住了。

2013年，罹患阿尔茨海默病的母亲记忆严重衰退，苦撑到2017年冬至的前两日，终于还是撇下我走了。这期间有人在搜集整理苏州桃花坞木刻年画的旧资料，希望能找我母亲回忆访谈，遗憾的是，她已经不能了。而我，只翻得出几张泛黄的、二十世纪六十年代拍的母亲与年画社同事的合影，以及零星记得几个听母亲提起过的名字，其他一无所知。

我懊恼自己知道太少。

有一天，偶尔"百度"了一个苏州小巷的名字，竟然在一家自媒体的网文上看到了大段熟悉的文字，那是我十多年前的旧作，因为当时写得用心，所以一眼看到就知道自己的文章被抄袭了。也不奇怪，当年就有一家本省的纸媒曾转载我发表在《名城早报》上的"城市故事"却没有署名，我打电话给编辑，问他知不知道这是侵权的行为。他道了歉，并说，很多读者询问作者是谁，因为文章里的故事，也是他们曾经的生活。我当时原谅了这个编辑，不是因为他的道歉，而是因为那些喜爱“城市故事”的读者。曾有一位年过花甲的老读者将我发表在报纸上的二十来篇稿子搜集到一起，然后摘录其中喜欢的句子，发电子邮件给我，谈自己的阅读感想。说实话，当时我的感动要远远超过心里的满足。

我决定将这些旧作整理出来，自己做一个公众号。

2016年，我为大部分旧稿写了补记，为此又在这座熟悉的城市里奔忙了两个月。写补记的时候，我在几近浩渺无边的电邮收件夹里再次翻找到了当年那位读者发给我的邮件，它们让我更加确信，有很多人会需要这些文字，与他们自己的记忆汇合，共同完成生命中与遗忘的一场对抗。

然后，我开始新一轮“城市故事”的文字纪念，并从2017年7月开始，推出了个人微信公众号“苏事SUSHI”。名字取得有些草率，有点武大郎、苏小妹这样地信手拈来，好在也很直观，不过就是讲讲苏州的往事罢了。

2016年到2019年四年间，因着公众号读者的鼓励，我陆陆续续又码了三十来篇新作。读者群也借着朋友圈的推广扩大了无数倍。从“老苏州”到“新苏州”，从外地朋友到华侨，我发现人们对苏州文化的热切关注，远远超出了我的预期和想象。更重要的是，“90后”年轻读者对我这样中年絮叨的文字竟也表现出了浓厚兴趣，并通过他们更宽宏的视野，给出形而上的思考。

有个群友的女儿，“95后”，看到我公众号里的文章，以及一群中年人的感喟，然后她说：“无论每个人心中的‘苏州味’是怎样的，无论它是否符合媒体构建出的苏州形象，留存在每个人独特记忆里的苏州才是它最好的样子。”

她解开了我一边写作一边缠绕心头的惶惑：我的记忆准确吗？我笔下的文字经得起事实的推敲吗？

每个人的独特记忆其实无所谓对错，对记忆的尊重，也就是对事实的尊重。事实上，所有的老故事、老物什、老习惯、老办法、老话、老观念，渐渐地都会被时间的风尘深深掩埋。今天很多人致力于复古，试图复原它们，其实都是徒劳，我们今天复原的只可能是形而下的、生活的某种形态，甚至是很流于浅表的形态，永远不可能也不应该是生活本身。记忆与事实，历史与真相，永远只能是两条相交而不可能重合的河流，各自奔流。

对于记忆的记录，就是事实本身的一个部分，我想，这大概就是记录的全部意义了。

没有人真正有资格为一座城市独特的生活方式贴上原生的标签，尤其是今天的苏州，居住着一半以上的新苏州人，以及全球化成长背景下的新生代。对于我一生热爱着的这个城市，她的历史和文化的溯源，我的解读也仅仅属于我个人的体悟，毕竟生活一直在不断地推陈出新。我也始终明白，城市故事有着各样不同的阅读视角，我所能达到的，也仅此而已。因此，文章中如有记忆的谬误，请读者一定要原谅。

本书的出版，除了要感谢苏州古吴轩出版社辛勤付出的编辑，还要感谢我的微信公众号的众多读者、网友，感谢曾经与我一起倾情工作于《名城早报》的老同事，感谢我的大学同窗、校友，感谢为我全书绘制插画的最亲爱的女儿徐昕玥和给予我大力支持的我的先生徐慧。

最后，我要感谢我的父亲和母亲，感谢他们生我养我，并将我育于苏州这片人杰地灵的土地，带给我平安顺遂的一生。

吴迈

2019年10月 于苏州